ハヤカワ文庫JA
〈JA1058〉

南極点のピアピア動画

野尻抱介

早川書房
6977

挿絵／撫荒武吉

目次

南極点のピアピア動画

南極点のピアピア動画

ACT・1

終了まぎわの学食で親子丼をかきこみ、二人分の夜食として売れ残りの菓子パン詰め合わせを買う。それをデイパックに詰め込むと、蓮見《はすみ》省一《しょういち》は大学正門に向かう並木道を歩いた。

冷たく澄んだ冬の夜空に、白道光が淡く横切っている。

二か月前、クロムウェル・サドラー彗星が月に衝突した名残だ。秋の早朝に起きたこの天体ショーは正確に予測されていた。この時、月の見える半球にいた人類はすべて空を見上げていたし、残る者もネットを通して見守っていた。

彗星は月の西縁、巨大な同心円をなすオリエンタル盆地のほとりに落ちた。衝突点は惜しいところで月の地平に隠れたが、そこから白熱した巨大な逆円錐がのびあがってゆく様子はいまも目に焼き付いている。

衝突によって生じた放出物《イジェクタ》はさまざまな速度を持っていた。秒速二・四キロメートルを超えるものは月を脱出し、それに満たないものは月に舞い戻り、空中でベクトルを変えたごく一部は月周回軌道に乗った。

彗星は多量の水分を含んでいたが、それはただちに透明な水蒸気になって目立たなくなった。水蒸気は一時的に月の大気となったが、月面に顕著な変化は見られなかった。もちろん直径二百メートルの彗星ひとつでは、月に本物の海が生じることなど望めない。月を脱出しながら地球引力圏を脱出しなかったガスは、互いに運動量を交換しあって月の公転軌道にとどまる傾向にあった。ラグランジュ4、5への濃集はいまのところ観測されていない。この場所に外から入ったものは、中で相対速度を失わない限り、そこを通り過ぎてしまうからだ。

両極の永久影の中には、冷えて降り積もった水分が揮発せずに残るかもしれない。だが、いまは観測手段がなかった。このとき月を周回していた三機の探査機はインパクトから二日以内にすべて沈黙した。イジェクタとの衝突、そして軌道上のガスによって速度を失ったせいだった。

そして、産声《うぶごえ》をあげてさえいなかった俺のプロジェクトも、沈黙したわけだ。

　省一はまた自己憐憫《れんびん》にふけった。

　大衆が恐れたような天変地異は起きなかった。流星の数はずいぶん増えたが、隕石による地上の被害はイタリアとインドで民家の屋根を壊しただけだ。天候に関しては、白道——地球から見た月の通り道——と黄道に大きな傾斜角があるため、地球が受ける日照量の変化は微々たるものだった。それはむしろ、地球温暖化にブレーキをかける恵みの雨とさえ言われた。

　泣いているのは宇宙計画に携《たずさ》わる者だけかもしれない。

　月探査計画は月の空が晴れるまで全面停止を余儀なくされた。

　静止衛星や低軌道衛星にも寿命短縮が懸念されている。イジェクタの一部は地球周辺にも届くとみられるからだ。

　省一は日本の次期月探査機に搭載する大学宇宙工学コンソーシアム《UNISEC》ペイロードのうち、超小型ローバーの制作チームに加わっていた。その成果をもとに修士論文を書く腹づもりでいたのだが、計画は「月が晴れるまで」おあずけとなった。

「君らは恵まれすぎてるんだ。僕の若い頃にゃ十五年待ちが普通だった。計画立案から結果出すまでにさ」

　指導教官はそんなことを言ったが、たいして慰めにならなかった。人類に不可欠な実用衛星——測位衛星や気象衛星、通信衛星の消耗が加速したために、宇宙科学の予算は減額を余儀なくされるだろう。まして有人宇宙飛行など、夢のまた夢というところか。UNISECは実用衛星に科学ペイロードを積むよう働きかけていたが、見通しは暗かった。いまや実用衛星は一グラムでも多くの推進剤と、ダスト衝突から身を守るホイップル・バンパーを積みたがっているのだから。

アパートの階段を昇り、玄関のドアを開ける。

省一は小さな違和感を覚えた。奈美《なみ》の靴がない。水曜なら先に戻っているのが普通だが。部屋に入ると、違和感はさらに膨張した。部屋が広い。キッチンとの仕切りにあったピンクの衣装ケースが消えている。

違和感が不吉な予感になり、さらに悲嘆へとシフトさせたのは、机の上に置かれたコピー用紙だった。署名はないが、筆跡は見まがいようがなかった。

ボールペンの走り書きで「飽きた、去る」とある。

省一はただちに悟った。この二か月間、プロジェクト中断にまつわる愚痴がどれほど同居人を退屈させていたかを。

喪失感と自責の念が堰《せき》を切ったように押し寄せてくる。

半年にわたって同棲してきたガールフレンド、佐藤《さとう》奈美。あのめまぐるしい思考速度、テレビを見ては三分間以上チャンネルを変えずにいられない短気な性格を思えば、よくぞ二か月も我慢してくれたものだ。

彼女は自動車工学科だが、宇宙にも興味を持っていた。学祭で省一の作った宇宙機のモックアップを見て面白がったのが出会いのきっかけだった。

彗星が来るまでは、毎晩のように宇宙への夢を語って聞かせたものだ。まもなく誰でも宇宙へ行けるようになる。おまえを宇宙へ連れて行ってやる、と。

悪かった。これは全面的に俺が悪かった。改めよう。きっと変わってみせる。

省一は携帯電話を開いた。奈美の番号に発信する。

だが、返ってきたのは着信拒否のメッセージだった。メールも同様。こうと決めたら断固たる態度に出るのも奈美らしい。

共通の友人、航空工学科の川瀬郁夫《かわせいくお》に思い当たった。彼を通せばどうか。

「俺だけど――奈美に連絡つくかな」

『へ？　おまえ知らないんだ』

心臓が跳ね上がった。

どんな行動に出たのか、まったく想像できないのが奈美の奈美たるゆえんだ。

「ど、どういうことかな」

『アフリカ方面を旅してくるって』

「……いつ」

『今日の夕方、成田発とか言ってたな』
「アフリカのどこ」
『知らん。適当にほっつき歩くとさ』
「連絡つくか？」
『しばらく音信不通って言ってたから、無理じゃないかな。ワールドサービスは料金高いし、IP電話はタイムラグで発狂するって言ってたし』
「そうか……」

通話を終えてからも十分あまり、省一は部屋に立ちつくしていた。

まだ終わってない。と信じたい。

飽きたとはあるが、嫌いになったとは書いてない。

同棲に飽きたから、二か月分の退屈の埋め合わせにアフリカ旅行を思い立ったのだ。とすれば、帰国後に心機一転やり直す余地があると言えなくもないのではないか。

旅のあと、住み慣れた世界が愛おしく思えることはよくある。そんな気分の中で、元の関係に戻れないか。

それからようやく、ディパックを背負ったままだと気づいた。ノートパソコンを取り出してこたつの上に置き、充電を開始する。

下半身をこたつに入れ、仰向けになった。天井のＬＥＤ灯から顔をそむけると、緑のバランスボールとＭＩＤＩキーボードのスタンド、それに自宅サーバーを収めたミドルタワー筐体《きょうたい》が目に入った。

サーバーは二十四時間稼働していて、処理の合間には分散コンピューティング・プロジェクトのひとつ、Ejecta@Homeが走っている。月と彗星の衝突で生まれた塵やガスがどのように軌道上を拡散するか、世界中のパソコンを結んで手分けして計算しようというものだ。

サーバーは全世界とつながっている。アフリカの奥地でさえ、無線ＬＡＮノードがどの集落にも設置されているはずだ。

しかし通信技術が進歩したおかげで、それを拒むことも容易になっている。ひとたび当人が望めば、システムはその意志にぬかりなく応えてくれる。

なんとか気持ちを伝える手段がないものか。

つらつら考えるうちに、ピアピア動画に思い当たった。

これを使えば、もしかしたら。

ピアピア動画はネットの動画共有サイトのことだ。ユーザー生成コンテンツ《UGC》・サービスのひとつで、誰かがアップロードした短い映像作品を眺め、画面上に自由にコメントをつけられる。視聴者の反応がダイレクトに伝わるので作者のモチベーションも上がり、前向きのスパイラルが起きている。

動画のジャンルはスポーツ、芸能、音楽から時事問題、料理や育児のハウツーと多岐にわたり、かつてテレビで放映されたものはすべてカバーしていた。アマチュアが映像作品を作るためのソフト・ハードは家電市場で大きなシェアを占め、簡単な制作環境なら携帯電話にも実装されている。

開設から十年あまりになるピアピア動画はこの種のサービスの老舗で、いまや国内回線トラフィックの三十パーセントを占めると言われている。

奈美はピアピア動画が好きだった。内容がカオスだし、たいてい三分以内に終わるから飽きないという。

省一が趣味で制作している音楽を、奈美は目の前ではなかなか聴きたがらなかった。「途中で聴くのやめられないもん」という。だが、ピアピア動画に投稿したものなら面白がって聴いてくれた。こたつの向こう側で、奈美は自分のプレイヤーにイヤホンをつないで動画を眺めている。高音域だけがかすかに漏れてきて、このコード進行はもしやと思っていると、奈美は急にこちらを向き、「わるくないよ?」と笑ったものだった。

アフリカ旅行中も、ピアピア動画ならアクセスするかもしれない。奈美の好きなサブカテゴリに自分の歌をアップロードすれば、聴いてくれるかもしれない。一縷《いちる》の望みといえばそれまでだが、いまできることはこれしかない。

省一は起き上がってバランスボールに腰掛け、サーバー用のパソコンで作曲ソフトを起動して歌詞ウィンドウを開いた。

いつもの朝　行き交う靴音
いつもどおりの　並木道
でも昨日までの　僕じゃない
新しい顔になって　君を迎えに行く
あの空　星の世界へ　君をつれて行く
愛してる　SからNへ

と、歌詞の入力を始める。
頭が回り始めると理工系ゆえの周到さがよみがえり、省一は歌詞にXL拡張歌詞コードを追加した。

case“朝”｛　いつもの朝　行き交う靴音　｝
case“夜”｛　いつもの夜　街角のネオン　｝
else｛　いつもの部屋　くりかえす毎日　｝

XLコードは聴き手の身体モニターや時間帯によって曲の一部を動的に置き換える指示だった。ユビキタス・デバイスが普及してから、携帯プレイヤーもXLコード対応があたりまえになっている。奈美でも心拍モニターぐらいはつけているし、空港を通ればローカル時間も自動設定されるだろう。ただし奈美の個人IDを指定する条件は付加しなかった。それでかえって拒絶されるかもしれないからだ。

歌詞が完成すると、カノン進行で簡単なメロディをつけた。

歌詞とメロディをいま流行《はや》りのボーカロイド、〝小隅《こずみ》レイ〟に流し込んで歌わせる。美少女キャラクターのついた歌唱ソフトウェアだが、一般にも広く知られ、子供や女性にも人気がある。

作曲ツールで伴奏を作り、ミキシングする。

そこまで仕上げてみると、想いが膨らみ、奈美がこれを聴くさまざまなシチュエーションが浮かんできた。アフリカの原野、動物の群れ、地平線、日射し。

思いつく限りの状況にXLコードで対応することに没頭して、気がつくと東の空が明るくなっていた。

俺は何をしているのだろう。省一はそう内省してみたが、こうでもしなければめめしく泣き明かしていただろう。省一はできあがった曲にありものの画像とタイトルをつけて動画に仕立て、ピアピア動画にアップロードした。

ACT・2

「まあ強く生きろ。明けない夜はないっていうぞ。大健闘だろ。奈美の彼氏としてこんだけ続いたってのは」

昼下がりの学食で焼き鳥丼をかきこむと、川瀬郁夫は言った。小太りで服装にも気を配らず、恋愛に関心がないせいか、ことさら同情する様子もない。

「それより、見に来ないか。やっとスペースがもらえたんで、セットアップを始めてるんだ」

「何の話だっけ」

「ピアピア工場のブートストラップだよ」

「ピアピア工場ってえと――」

先々週だったか、メカトロニクスをやっている連中がそんな話をしていたのを思い出した。ピアピア動画に集まっている有志が、ネットで連携するコンピュータ数値制御《CNC》工作機械を作っているとか。

「第一工場。戦前の紡績機械が置いてあったろ」

「どこでやってる？」

「ああ、あそこな」

工学部の一角にある古い煉瓦造りの建物だ。幽霊屋敷と呼ばれたりもする。

「それが附属産業技術博物館に移ったんで、跡地を借りたんだ」

「よく貸してもらえたな」

「指示があればいつでも〝自分で歩いて〟撤収できますから、と言っておいた」

「……？」

三限目が終わった後、省一は第一工場を訪ねてみた。古びた木製のドアを開けると、埃をかぶり、黒々とした古い紡績機械がまだごろごろしていた。

機械の谷間を縫って進む。奥の半分はがらんとして、そこだけ照明がともり、数人が黙々と立ち働いていた。郁夫もいた。

コンクリート打ちの床は、およそ二十メートル四方というところか。その中央にひとつのレールを共有した卓上旋盤とフライス盤がぽつんと据えてある。旋盤から二メートルほど離れたところにボール盤もあった。

壁際には鋼材を積み上げたラックと作業テーブルが二つ。電熱ポットとカップ麺の容器が早くも生活感を漂わせている。

「来てみたぞ」

郁夫は壁の高いところにプリズムのようなものを取り付けているところだった。

「コーナーキューブだ。レイたんが測位できるように」

訊きもしないのに説明する。

「レイたん?」

「ほれ、そこの」

「……そういう方向性か」

おなじみのボーカロイド、小隅レイの上半身が床に生えていた。ほぼ等身大、藤色のロングヘアに愛らしい少女の顔。

といっても、それなりに作り込んであるのは頭部ぐらいだ。二関節の両腕はメカが剝き出しになっているし、手首から先はモンキーレンチのようなクランプになっている。胴体は矩形《くけい》のフレームにTシャツをかぶせただけ。Tシャツの胸には「貧乳は正義だ!」のロゴ。胴体の下には六個の車輪があって、どの方向にも進める機構になっている。

「正式名はR・小隅レイ ver.0.003。機能は一流なんだぜ。レーザーで測位して、自分だけでコンマ一ミリの位置決めができる。手首のエンドエフェクタを自分で交換できる。バッテリーが減ったら自分で充電しに行く」

「いずれは全身作って二足歩行させたいけどな、レイたんのプロポーションで作るのは至難の業で」

「にしても、この外観はなんとかならんのか」

「そうじゃなくて、小隅レイから離れてはと。この無駄に長い髪も邪魔だし」

「萌えは必要さ。ピア技の原動力だからな」

ピア技とはピアピア動画にある無数のサブカテゴリのひとつ、「ピアピア技術部」を縮めたものだ。メカトロニクス、フィジカル・コンピューティング、ハードウェア・ハックを得意とするオタクたちの巣窟となっている。

彼らは他のサブカテゴリと同様、ある明確な目的のもとに集まっているのではない。めいめいが発表する動画に「ピアピア技術部」というタグがついている以外、なんの組織化もされていない。彼らが求めるものはただひとつ、ウケを取ることだ。

組織化されてないとはいえ、傾向ははっきりしている。目下デフォルトとされているテーマは小隅レイの実体化だった。素朴なカラクリから数値制御ロボット、オーグメンテッド・リアリティに至るまで、持てる技術を駆使して小隅レイを実世界に出現させようとしている。

そのひとつが、このR2‐D2に化粧したようなロボットというわけか。

しかして、この場におけるブートストラップとは何だろう？

それは古くからあるコンピュータ用語で、システムの起動プロセスを、靴のストラップをひっぱって自分自身を持ち上げる（ありえない）行為になぞらえたものだ。コンピュータの電源を入れると、まずブートローダという短いプログラムがメモリから呼び出される。ブートローダはファイルシステムを最も単純なやりかたで読み出し、オペレーティング・システムを呼び出す準備をする。OSは巨大なプログラムの集合体なので、ここでも小さい部分から起動し、自らの機能を拡大しながら順繰りに大きなシステムを呼び出していく。ついにおなじみのデスクトップ画面が表示され、マウスカーソルとアイコンが出揃うとブートストラップは完了する。それは計画された雪崩《なだれ》、あるいは大掛かりなドミノ倒しのようなものだ。

「いいよ、測位完了」

ロボットの背中のパネルを操作していた男が言った。

「始める？」

「ああ」

「自律モード、オン」

『移動開始しまーす』

R・小隅レイはハイトーンの声でアナウンスして、するすると動き始めた。

資材ラックの前まで来ると、両腕を差し延べ、長さ一メートルほどの鋼材を持ち上げた。

「意外に力持ちだな」

省一はロボットが身を反《そ》らし、人間さながらにバランスを取りながら重量物を抱きかかえるのに感心した。

「おまえが書いたのか？　重心制御のコードは」

「いや、zmplibを使った。テキサス大の連中が仕上げたやつ。工場ブートストラップのコードもすべてGPLだよ」

「ふむ」

zmplibというのが何なのか知らなかったが、字面《じづら》から見当はついた。ロボットの動作を制御するためのプログラム・ライブラリだろう。それはGNU General Public Licenseという宣言書にのっとった、オープンソース・コードだ。

GPL宣言したプログラムはその内容が完全に公開され、誰でも自由に利用し、変更を加えることができる。商業利用してもかまわない。ただし、GPLを継承したプログラムは決して独占が許されない。それ自身もGPL宣言して公開することが宣言文に盛り込まれているからだ。

「ブートのコードは天ぷらPってやつが中心になって作ったんだが、マルチプラットホームで、鬼のようによくできてる。工場自身とそこで作ったものはすべて3Dモデリングして仮想空間でハンドルするんだ。おまえの体だって、詳しくはスキャンしてないが、もう人モデルとして登録されてる。ほら」

ノートパソコンに工場内の３Ｄグラフィックスが表示されていた。小さな工具箱まで再現されている。机の前にいる人影のひとつが自分らしい。その数メートル先をするすると移動しているのはＲ・小隅レイ。省一は実景のほうを見た。

鋼材を抱えたロボットはフライス盤の前に移動して、それをテーブルに載せた。左手を器用に操ってバイスのハンドルを回し、鋼材を固定する。

コンピュータ数値制御《CNC》フライス盤のモーターが回転し始め、鋼材を削り始めた。

郁夫は誇らしげにこちらを見た。

「ざっとこんなもんさ」

「要するに搬送ロボットつきのＣＮＣ工作機械ってことか」

「いまんとこはな」

ACT・3

思わせぶりな言い方が気になったので、翌日の放課後、省一はふたたび第一工場を訪れた。

そして内部の変貌に驚いた。

昨日は床に固定されていたCNC工作機械が、そっくりそのまま四メートルほどのレールに載っている。レールの幅は一メートル以上あり、工作機械がもとから備えているレールと直交する関係にある。

R・小隅レイはレールの脇で鋼材を捧げ持つように構えていた。そこへ工作機械のほうが移動してきて、材料をくわえ込んだ。それが終わると、小隅レイはフライス加工の終わった鋼材をボール盤に運んで穴をあけ、右手のエフェクターをタップダイスに交換してねじを切り始めた。

部屋にいたのは一人だけ。郁夫が壁際でインスタントコーヒーをすすりながら、ノートパソコンに向かっていた。

「おい、これはなんだ」

「来たか。だからブートストラップだよ。自分自身を拡張してるんだ。あの旋盤とフライス盤は二次元の直交座標の中を自由に動ける。明後日には三次元になる予定だ」

「それで何ができる？」

「フライス盤をルーターに転換することで三次元の彫刻ができるようになる。同じプラットホームにR・小隅レイを載せれば立体物の加工や塗装、組み立てができる」

「ゴールは？」

「ピアピア工場自身さ。このブートストラップでどこまでいけるか、つかみたい」

鞭を打つような音がした。

郁夫は舌打ちして立ち上がり、R・小隅レイに歩み寄った。ロボットが右手に持っていた工具の先端が折れている。

「やれやれ、またやったか」

レイたんはまだ力加減がわかんないんだよな、とつぶやきながら予備のタップダイスを持たせる。

「ごらんの通り、全自動ってわけにはいかない。山のようにできる切り屑の掃除もしなきゃいかん。ゴミは不定形だからレイたんがうまく認識しなくてな。だけど理論上はそうなるんだ。低レベルの工作機械がより高度な工作機械を作る。その繰り返しの先にあるものは――」

郁夫はノートパソコンの画面を指さした。『オープンソース・ハードウェアの展望』と題した文書が見える。

「このインド人がいうには、ハードウェアもソフトウェアと同じように、オープンソース化できる。それにはハードウェアもソフト同様、コマンド一発で組み立てられなきゃだめだ。ハードウェアのすべてを情報化して、その情報があれば誰でも同じ物が作れるようにだ。それができたとしたら、どうなる?」

「どうなるって……そりゃあ、すげー便利だろうな」

「そんだけか？」

「設計の改良もどんどん進むだろう。オープンソースなら」

「それからどうなる？」

「ヒント希望」

「母なる自然に学べ。情報からすべて複製できるものが自然界にあるか」

自然界といえば、海や山、それに……生物。

生物は自己複製する。遺伝情報によって。

省一は答をつかんだような気がした。

「まさかとは思うが……自己増殖機械？　この工場自体が？」

「ピポピポピンポーン！」

「いやしかし、それはさすがに無理だろ。このCNC工作機械だってできあいのものだろ。材料もだ。本気で自己増殖するなら製鉄所や鉄工所や半導体工場まで作れなきゃ」

「もちろん課題は山ほどある。特に半導体はな。だけど低密度で遅いスイッチング素子なら特殊なインクジェット・プリンタで作れそうなんだ。単純な機械制御に使う程度のコンピュータなら、それでなんとかなる」

「そのインクジェットはどうやって作る」

「昔のインクジェットは結構メカっぽいぞ。工作機械で作れそうな感じだ」

「製鉄所は」

「材料が少なくていいならミルや電気炉でいけるだろう」

「採掘は」

「レイたんがとことこ歩いていって掘るさ。下半身ができりゃな」

発電所は——と訊きかけたが、自分で考えた。モーターが作れればそれが発電機になる。風力なり水力から発電できそうだ。

「しかし自己増殖する工場なんて、ずいぶんオールドファッションなビジョンだな。そういうのをガーンズバック連続体っていうんじゃないのか」

「SFの流行《はや》り廃《すた》りが判断材料になるかよ。新しい可能性にとびつくのはいつだってオタクたちだ。俺たちみたいなな」

「俺はオタクじゃないぞ」

「レイたんにラブソングを歌わせてもか」

「俺はボーカロイドに『たん』などつけん。自分で歌っても聴いてもらえないから仕方なく使ってるんだ、楽器として」

「わかったわかった。そうしといてやる」

一週間後、工場は小さなロボット・アームを産み落とした。制御チップ、モーターや配線部品は既成品を使ったが、機械部品はすべて工場内で作った。そのアームは卓上サイズのプラットホームに取り付けられ、周囲を小さな弾帯のようなものが放射状に取り囲んだ。

これは電子回路の基板を組み立てるロボットだった。絶縁体でできた基板上に米粒より小さいパーツを表面実装する。プリント配線は使わず、パーツ間を導電性インクで配線するスタイルだった。

パーツの給送装置――弾帯のようなもの――のセットアップは人間がしてやらねばならないが、あとは回路図を与えるだけで自動的に基板が完成する。

「これでトラ技の広告ページとおさらばだ。どんな電子回路でもここで作ってやるよ」

郁夫は誇らしげに言い放った。

もっとも、まだ歩留《ぶど》まりは悪く、仕様通りの回路ができるのは三つにひとつだという。

それでも悪くない数字かもしれないな、と省一は思った。

いまがカンブリア紀だとすれば。

ACT・4

その夜、帰宅した省一は、また小さな違和感を覚えた。

とっさの連想で奈美の姿を探した。暖房も部屋の明かりも消えていたが――奈美は徹夜明けに、明るいうちからこたつで身を丸めて居眠りしていることがあった。

部屋には誰もいなかった。違和感の原因は、机の上にあった。

液晶モニターのスクリーンセーバー画面が一変している。

「きたか！」

一か月あまりにわたって世界中のパソコンが計算し続けてきたEjecta@Homeが、ついに結果を出したのだ。ずっと計算経過を表示していた画面が消え、フェイントカラーで彩色された動画が表示されている。

それは月の公転軌道を斜め上から俯瞰《ふかん》したものだった。中央に地球があるが、軌道半径に忠実なスケールで描かれているため、とても小さく見える。

固体粒子は点描で描かれていたが、あまり目立たなかった。目立つのはガスで、密度が上がるほど暖色になり、月軌道は緑、月近傍は赤、途中の空間はほとんど無色だった。

ガスは月公転面上で円盤状になり、高度が下がるにつれて密度を上げてゆく。

地球に近づいたガスは、大きな浮き輪のような、淡い黄緑の円環を形成した。円環は夜側で膨張しており、バン・アレン帯に重なるのは明らかだった。電離したガスが磁気圏と相互作用した結果だろう。

しかし電気的に中性なガスはそこを素通りし、地球への接近を続けていた。地球の高層大気に触れたあたりで、その密度は橙《だいだい》になる。色彩は派手だが、高度百キロの地球大気に較べてまだ二桁も薄い。

ガスは赤道地帯上空で南北に分かれ、極に向かって這い上がった。そして極点上空を〝目〟とする台風のような渦を描き始めた。

シミュレーション上の時間で二月中旬——いまから約三か月後——その〝目〟から、細く絞られたレーザービームのようなものが立ち上がった。まるで自転軸を延長したかのように、南北の極点から一直線に宇宙にのびている。

「これは……地球に降着円盤と双極ジェットが？」

それらは宇宙に普遍的な現象だった。空間にガスの塊が放たれると、どこかに高濃度の「中心」が形成され、そこに向かってガスが落下する。しかしガスは運動量を持っているので、中心をそれたものは軌道運動を始める。そうしたガスは互いに衝突して運動量を交換し、最終的には衝突のない状態に落ち着く。それは同一平面上を周回することだ。こうしてガスは円盤状になる。

ガスの流速は軌道半径によって異なるため摩擦が生じ、運動量を失ったガスは高度を下げる。しかし素直にすべてのガスが中心天体に落下するのではない。さまざまな相互作用のすえ、上向きに動いたガスは、直上にある唯一の出口——いわば台風の目を通って外に飛び出す。これが双極ジェットだ。

普遍的とはいえ、地球にこんなものができるとは、常識に反している。双極ジェットができるとしても、その直径は地球と同じくらいになり、ジェットと呼べるようなまとまった流れにはならないと考えられていたのだ。

だが、このシミュレーションによれば、ガスはさらに収束する。高度千キロ付近まで降りてきたガスは高層大気と出会って衝撃波面を形成し、上滑りするかのように両極まで這い上がった。そして極点上に深いトンネル状の〝目〟をうがち、そのトンネルをあたかも噴射ノズルのように使って直径およそ一キロメートルのジェットを形成したのだった。

ジェットの密度は五のマイナス八乗キログラム／立方メートル。高度百キロの大気密度より一桁低く、限りなく真空に近い。

「速度はどうなってる？」

省一はジェットを拡大表示し、マウスカーソルを乗せて数値を読んだ。

「秒速……十一キロ。そんなに？」

省一は驚いたが、ある意味それは常識どおりの結果だった。降着円盤のジェットは、降ってきたガスを元の高さに送り戻す速度になるものだ。

ジェットは高度百キロ付近から始まっていた。

もしも――もしもこの流れをパラシュートのようなもので受け止めたとしたら……？

省一はバランスボールに腰掛け、スクリプト言語にラインモードで数式を打ち込んだ。

この密度と流速で、空気抵抗係数を2とすれば……

直径四十メートルの傘で一トンの重量を支えられる。

これより大きい傘なら上昇できる。

ということは、弾道飛行で本物の宇宙に行けるのか！

高度百キロへの弾道飛行と、高度二百キロ以上での軌道飛行の間には必要なエネルギーに大きな開きがある。現実的な設定によれば一対二十というところか。弾道飛行のほうがはるかに容易だ。

極点上のジェット気流は徐々に拡散していくが、直径五十メートルのパラシュートがあれば、密度が半分になる高度三千キロあたりまで上昇できそうだった。並の有人飛行でこの高度に達することはない。

目標高度に達したら、パラシュートに隙間を作るなどして気流を受け流せば、ゆっくり降下していける。大気の濃いところまで来たら大気圏内用のパラシュートを開けばいい。スクエア型のパラシュートなら操縦性もよく、数十キロを滑空できる。

宇宙的な速度を出さないので、耐熱構造は必要ない。宇宙服だけでもいけるだろうし、それがなければ気密の容器があればいい。

スケッチパッドを開いて、略図を描いてみる。人間を収めた球形のカプセル。内部に生命維持装置。カプセルの下にロケットエンジン、上にパラシュートの収納容器。これは円錐形でいいだろう。円錐、球、円筒が並んだところは〝チビ太のおでん〟そっくりだった。実にシンプルだ。これならすぐにでも作れそうな気がしてくる。はじめは何を馬鹿なと思ったが、検討を重ねるうち、省一はこの計画にリアリティを感じ始めていた。

クロムウェル・サドラー彗星は数多くの宇宙計画を吹き飛ばしたが、その代償というべきか、巨大な運動量の一部を地球に差し伸べようとしている。大気圏の上縁までいけば、その梯子《はしご》に手が届くのだ。

省一は一時停止していたシミュレーションを再開した。

三月上旬になると、極点上のジェットは徐々に直径を膨張させ、それに反比例して密度も流速も衰える。周囲の渦も台風が温帯低気圧に変わるように散ってゆく。

ジェットの持続期間は三か月後の三週間。

人類に初めて与えられた、黄金シーズン。

生涯に二度あることではない。

この風に乗れば、奈美を宇宙に連れて行ける。

いまこの流れに乗りそこねたら、個人で宇宙飛行するチャンスなど当分訪れないだろう。

月ローバー計画を奪い、奈美との暮らしに終止符を打った彗星に、少しばかり賠償請求をしたくもある。

省一は検討を続けた。

宇宙機はこれでいけるとしても、その前提は空中発射母機があることだ。地上からロケットで出発するとなると規模が大きくなりすぎる。軌道速度を得るのではなく、単に高く上がりたいだけなら空中発射のほうがずっと安く小規模に実現できる。

民間が運用する空中発射母機は世界に二つある。

まずオービタル・サイエンス社。これはロッキード・トライスターを改造した機体で、小型衛星を軌道投入するペガサスロケットを発射できる。だが、この巨大な母機を飛ばすには相当な費用がかかりそうだ。

二つめは天才バート・ルータンのひきいるスケールド・コンポジット社。最初から弾道宇宙機の空中発射用に設計したホワイトナイトⅢという奇抜な機体を運用している。トライスターに較べればずいぶん小型だが、チャーターすれば軽く一千万くらいかかりそうだ。さらに機体を北極か南極に運ぶとなると、費用は想像もつかない。

省一の夢想はここで止まった。高揚した気分が急速に冷めてゆく。

こたつに下半身をつっこみ、両手を枕にして天井をあおぐ。

奈美。いまごろアフリカのどこをほっつき歩き、嬌声《きょうせい》を上げているのか。

俺の歌を聴いたか？

君を星の世界へつれて行く、と請け合ったが……

あれは精神的表現だと思ってくれ。

ACT・5

冬休みを前にして、最後の講義が終わった。

また第一工場に寄ってみる。

戸口に立った省一は、つかのま悩みを忘れた。いつのまにか手前にあった古い機械が消え、工場全体が巨大なメカの塊に変貌している。

見える範囲だけでも三台のR・小隅レイが床を徘徊し、天井付近にできたレール上でも二台のロボットがナマケモノのように移動していた。古い機械の撤去後にできた空間には、乗用車を二台積み重ねたほどの異形の物体が姿を見せつつあった。

「俺もさ、こんなにうまくいくとは思ってなかったんだよ。正直怖いくらいだ。有機知性体って今世紀で終わるかもな」

郁夫は工作機械が吐き出す切り屑を集めながら言った。

「ブートストラップの第一段階が成功したって報告したら、教官が面白がって学部長の許可をとりつけてくれて、ここの肥やしになってた機械を次なるステップに転換していいことになった」

「この新手メカはなんなんだ？」

「五軸フライスさ。これでタービンブレードだって削り出せるぜ」

「タービンなんか何に使うんだ？」

「よそがほしがるんだよ。車や飛行機やってる連中がな。ピアピア工場はここだけじゃない。うちは機械加工が得意だからそっちを受け持ってる。栃木の工場で屑鉄の溶鉱炉と圧延機が稼働し始めたんで、材料の調達がぐんと楽になった。こっちもお返しをしないとな」

見れば片隅にコンテナの山ができている。運送会社のシールが貼ってあるところをみると、これが工場間で融通しあっているパーツや素材らしい。

「天ぷらPのプログラムが偉大なのは、生産管理まで自分でやることだ。それがこの工場の自我っていうか、欲求なんだな。工場ごとに必要な部品と提供できる部品が動的に管理されていて、最適化した物々交換を指示してくる。俺たち〝人間レイヤー〟はそれに従って宅配便でやりとりすればいい。届いたものは梱包《こんぽう》を解いてレイたんに部品番号を教えてやる。あとはレイたんがやってくれる。ま、完全に手放しってわけじゃないけどな」

見たところ、少なくとも五人の学生が機械の間を歩き回り、掃除したり修理したりしている。

それにしても、知能化した工場が原始共産社会を作っているとはたいしたものだ。

「通貨はないのか。このロボット社会は」

「ピア動の投げ銭が結構入るんだ。ブートの様子を撮ったレポート動画のウケがいいんで、この工場だけで五万は稼いでるぜ」

「五万？　円でか？」

「いや、ポイントで」

「じゃあ五十万円か。たいしたもんだな」

投げ銭というのは、気に入った動画にウェブマネーを心付けとして送金するシステムだ。ピアピア動画の会費は月五百円だが、うち三百円はウェブマネー三十ポイントとして投げ銭に使ってもよい。どうせ運営に持って行かれるなら贔屓《ひいき》の動画作者を応援したいというインセンティブが働き、全体を活性化することに貢献しているのだった。ウェブマネーはネット通販で使えるし、コンビニでリアルマネーに換金できる。

いくらなんでも完全な自己増殖などできないだろうが、現金収入があるならその不足を補えそうだ。改めて省一は、ピアピア工場の可能性に敬服した。ことによれば、これは世界を変えるのではないだろうか？

「ちなみに、俺もちょっとした思いつきがあるんだが」

「なんだ」

「つまりだな……」

省一はノートパソコンを開いてディスプレイを相手に向け、先日来頭を悩ませている計画について語った。

「ふむふむ。弾道飛行＋パラシュートで高度三千キロの有人飛行か。日本にもこんなこと考えるのがいるんだなあ。筋はいいと思うぞ」

「そうか？」

「速度がせいぜいマッハ3どまりってのはいいな。高度十五キロから出発するなら濃い大気に触れないから、特殊な工作をしなくていい」

「そう思ってる」

「ふむ……」

郁夫はさらに何かぶつぶつ言いながら考えていた。それから急に言った。

「二人乗りか。乗るのはおまえと奈美か」

「まあ、な」

郁夫の勘の鋭さにたじろぐ。

「奈美に、宇宙に連れてってやるって言いたいんだ」

「三人目を乗せるってことならこの話、乗ってもいいぞ」

「おまえをか？」

郁夫は首を横に振った。

「ご両人に割り込むようなことはせんよ。三人目は我らがアイドル、小隅レイたんだ」

「は？」

「宇宙機にでっかく小隅レイのイラストを描く。さらに宇宙空間からレイたんの歌を送信すれば、まあ文句あるまい」

「文句って」

「プロジェクトの立て前だよ。レイたんの導きで恋人たちが宇宙へ行く、ってシナリオにすれば、動くやつはいるぜ。ピア動にな」

「ピア動の会員なんて烏合《うごう》の衆じゃないか。なにができるっていうんだ」

「なんでも。小隅レイはどんなジャンルでも歌う。鉄道の発車メロディや、古紙回収のアナウンス、超音波でコウモリを撹乱《かくらん》する実験だってこなしてきた。だが宇宙にだけは行ってない。ここんところマンネリ気味だったが、これはナイス未踏テーマだぜ！」

「いや、待て待て」

声の高くなった郁夫を、両手で押しとどめるようにする。

「空中発射母機がないんだ。いくらピアピア工場でも、これは作れんだろ。三か月じゃ」

「ん？　おまえ、知らなかったのか？」

郁夫はきょとんとした顔で、こちらを見た。

「てっきりXプライズの話かと思ったぞ」

「Xプライズ？」

アメリカの富豪がスポンサーになって進めている民間宇宙飛行の懸賞のことだ。

「ネット見てないのか。昨日Xプライズ／ポーラー・ジェット・チャレンジって発表があった。費用は主催者持ちでホワイトナイトⅢを南極で飛ばしてやる。ただしそこから発進する機体は自分で用意しろと」

「なにぃ……」

急いでXプライズのページを見てみる。郁夫の言ったとおりの掲示が出ていた。

三か月後に発生するとみられる双極ジェットを利用した有人飛行プロジェクトを募集する。賞金は出ないが宇宙機の空中発射および回収作業は主催者負担で行う。

条件は設計時と搬入時の審査に合格すること。期日までに実機とインターフェースおよび分離テスト用ダミーをモハベ空港に搬入すること。最低一回の燃焼試験を行い、ムービーカメラで撮影して報告すること。

Ejecta@Home の計算結果が出てからまだ数日だというのに、なんと素早い意志決定だろう。モハベ空港への搬入を考えると正味二か月しかないこともあるだろうが。

「てか、二か月で乗り物を用意できるって思うことがすごいよなあ」

「おまえはどうなんだ。弾道飛行とはいえ、二人乗りのロケットだぞ？　ピアピア工場で作れるのか」

郁夫は真顔でうなずいた。

「エンジンはＣＡＭＵＩ３００をクラスター化する」

ＣＡＭＵＩロケットは北海道の産学共同体ＨＡＳＴＩＣが開発したハイブリッド・ロケットだ。モデル３００はＨＡＳＴＩＣとしては大型の直径三十センチのエンジンで、三十回以上の飛行実績がある。

「ＣＡＭＵＩ３００はオープンソース・ハードだ。データをダウンロードすればここで作れる。推進剤はアクリルブロックだから材料費が安いし、火薬じゃないから法的にも扱いやすい」

「パラシュートはどうする」

「もうじきパラグライダーを縫製するピアピア工場が岡山にできるって話だ。あと与圧カプセルは高高度気球用のが設計データを公開してたと思う」

「なんでもありだな」

「あとはおまえの覚悟だな。さらしもんになれるか？」

郁夫はこちらを見て言った。

「俺が？　どういうことだ」

「ピア技をまとめるのに金は要らない。そのかわりキャラとストーリーがなくちゃだめだ。おまえは今日から『宇宙男』だ。電車男って知ってるか。あれの宇宙版さ。宇宙男の恋を実らせるために、小隅レイたんが二人を宇宙に運ぶ——この筋書きで盛り上がりたい」

「俺は……だけど奈美がどう思うか、確認しないと」

郁夫は携帯電話を開き、奈美の番号をクリックした。

「依然、応答なし」

それからこちらを見て言った。

「だけど必要あんのか？」

そうだった。奈美の都合や意志を知る必要などない。

必要なのは、おまえを宇宙に連れて行くと言えることだ。

「俺はGOだ」

「おっしゃあ！」

郁夫はメガホンを構えてメンバーを呼び寄せた。概要を説明したのち、号令する。

「これより本工場は宇宙男支援に動く！　おまえら短期決戦に備えろ！」

ACT・6

朝、目が覚めると、省一は真っ先にネットにアクセスした。

「ピアピア技術部」タグの動画一覧を見ると、早くも『宇宙男プロジェクト』の決起表明動画がアップロードされていた。

黒バックに文字と画像が挿入されただけのシンプルなものだった。だが最後は空中発射されたロケットのCGアニメーションに小隅レイの歌うバラードが重なり、なかなかの盛り上がりだった。その宇宙機がチビタ号と名付けられているのには閉口したが。

画面に流れるコメントは「wktk」「まじかよ」「やめとけ死ぬぞ」「ついにレイたん宇宙か」「骨はひろってやる」等々、気楽なものばかり。これで本当にまとまるのだろうか。

大見得《おおみえ》を切った以上、やるしかない。

冬休み返上でアパートと第一工場を往復する日々が始まった。計画主任《プロマネ》は自分。そして郁夫が技術主任をつとめる。

まず工場の一角をパーティションで仕切り、設計室にした。帰省で散り散りになる前に研究室のメンバーをスカウトし、設計に参加させる。

それからピアピア動画の外にあるオープンソース開発プラットホーム、PiapiaForge にプロジェクトを登録し、Wikiの項目を整えた。

Wikiを開設してまもなく、不得手な法務や生命維持装置に通じたメンバーが名乗りを上げてくれたのはありがたかった。

簡単だと思っていたパラシュートにもさまざまなノウハウがあった。超音速下で徐々に開傘《かいさん》するタイプのパラシュートは先端技術だったが、JPLが火星探査機に使ったものをベースにできるとわかった。これもメーカーの技術者が匿名で助言してくれた。

それにしても、こうした人材はどこで話を聞いてきたのだろう？　省一は首を傾《かし》げた。あの決起表明動画しかあり得ないのだが、だとすればなんというノリの良さだろうか。

自分たちの工場には、まずCAMUI300エンジンの制作を発注した。このクラスのエンジンになると相当な爆音が出るから、燃焼試験には秋田の能代《のしろ》ロケット実験場を借りなければならない。指導教官に頼み込んで研究室の名前を使った。

「だけど有人飛行については関与できないからね。これはあくまでオープンソースの手法によるCAMUIエンジンの再現性実証だ」

教官はそう言った。

「個人的には応援したいが、本気で不安でもある。つまらん横槍は入れないが、複雑だな」

「僕はこう見えても臆病ですから。あぶないと思ったらやめます」

そう言って教官室を後にした。すでに大勢の協力を得ている手前、いまさらやめる勇気なんかねえよと思いながら。

CAMUI300エンジンは実質二日で完成したが、液体酸素を扱う外部支援装置に少々手間取った。極低温で沸騰し、配管に指紋がついているだけで発火するという剣呑《けんのん》な物質だから、漏洩など許されない。バルブ類の遠隔操作には解体されたR・小隅レイの一体が使われたが、これも運用実績を買ってのことだった。

エンジンの制御システムはピアピア工場と同じものが使われ、きわめて計算集約的だった。コンピュータ上に全装置がモデリングされ、そこでのシミュレーションをもとに実機を制御するから、筋の通った判断ができる。たとえばホースが抜けていて酸化剤が燃焼室に届かないのに、さらに酸化剤を送ろうとしてバルブを全開する、といった愚を回避できるのだった。

正月明け、期日ぎりぎりでエンジンと支援装置一式が揃うと、地元ゼネコンに提供してもらったトラックとマイクロバスに分乗して能代をめざした。

交代で運転しながら徹夜で東北道を北上する。

道中、郁夫がノートパソコンにダウンロードした動画をBGMがわりに流した。宇宙男プロジェクトに関するものばかりだ。かつて省一が奈美にあてた歌は、ここには含まれていない。匿名のまま、ひっそりとネットの地層に眠っている。

「宇宙男」タグのついた動画の映像は、CGや手書き動画、NASAの記録映像やアニメなど、さまざまだった。音楽のほとんどは小隅レイに歌わせたもので、カバーもあればオリジナル曲もある。そんな動画がかれこれ百篇以上もアップロードされている。

誰がどんな境遇にいて、どんな意図で作ったのか、省一は知らない。匿名で投稿されるものがほとんどだった。

だが作品を通して想像することはできた。

彼らは宇宙への想いを共有している。多数のパラメータを丹念に調整したボーカロイドの歌声は、ビブラートひとつにも作者の気持ちがこもる。それはただの合成音声ではない。人間の歌そのものだ。その歌で結びついた人の輪によって、自分はいまここにいる。

省一は外を流れるナトリウム灯の列に目をやりながら、この夜のことを忘れないだろうと思った。


能代ロケット実験場に着くと、CAMUIエンジンの開発に携わってきた植松電機の技術者が待っていた。

「ほほう、よくできてる。ちゃんと再現するもんだなあ」

初老の技術者はそう言って目を細めた。しかし液体酸素の配管をつなぐときは険しい目になり、省一がモンキーレンチを使うのを見て「向きが逆だ！」と一喝した。日没が迫っているのに全部のボルトにスパナを当てて増し締めするのには閉口したが、後々これがよかったのだと思い知ることになった。

寒風吹きすさぶ中に装置一式を引き出し、液体酸素を充塡《じゅうてん》する。総員待避の声がかかり、シェルターに移動する。

夕闇の中、水平に吹き出した火炎と、直後に襲ってきた爆音に省一は戦慄した。超音速の噴流が空気と衝突する音は背骨を貫き、疲労で濁りはじめていた意識を完全に漂白した。

着氷で動きが渋くなったバルブがあったこと、ノズルのスロート部分にやや深めの損耗があったことが改善点としてあげられたが、燃焼実験は成功だった。

ビデオカメラの撮影も成功していた。大学に戻り次第、映像データをXプライズ事務局に送ることにする。

ACT・7

球形の与圧カプセルは肉厚のアルミ合金を叩き出すことで作られた。専用の機械式ハンマーを使い、そばにR・小隅レイが立って一打ごとの変形をレーザーとカメラで計測し、モデリングし、次にどこを打てばいいかを計算した。

こうして八分割された球殻ができあがったが、その溶接はさすがに職人技が必要だった。生命維持にかかわる重要工程なだけに、なかなか引き受け手が現れなかったが、ついに大田区の町工場が手を挙げてくれた。そうしてできた直径一・四メートルの球殻はすべてのテストに合格した。

搭乗者はGを受け止めやすくするため、背中を噴射方向に向けて〝体育座り〟の姿勢をとる。背中の形にそってウレタンフォームを削り出して座席とした。搭乗者の体を計測して厳密に整形したいところだったが、奈美がいないし、三G程度の荷重しか掛からないので、その必要はないと判断された。

「内装できたぞ。入ってみるか」

郁夫が設計室に顔を出して言った。

「すぐ行く」

省一はピアピア工場が吐き出した帳簿をスクロールさせるのをやめて、腰をあげた。

機械化されたワークスペースの中央、トラス組みの台座に、潜水艇のキャビンを思わせる球体が鎮座していた。

中に入った。膝を折り、右側のシートに上半身を沈めると、見事に体重が受け止められ、湯船につかったような感じだった。顔のすぐ右に直径十センチの小さな丸窓があった。飛行中、下方が見やすいように、窓は球形カプセルのやや後ろ寄りに配置されていた。

正面には無骨な棚があり、無線機、サバイバルキットのケース、生命維持装置とボンベ類が取り付けられていた。出入りに使うハッチは左斜め上にある。

「どうだ?」

郁夫が外から尋ねた。省一は親指を立ててみせた。

「いい感じ」

「そうか。……俺も、入っていいか?」

「いいに決まってるだろ、技術主任がなに言ってるんだ」

右手首を置くパームレストの横にはiPhoneの最新モデルが固定されていた。これが計器盤兼操縦装置のすべてだった。同じものが左側の席にもあるから、一応は複式といえる。なぜiPhoneが採用されたかといえば、これがマニアによって徹底的にハックされ、事実上オープンソース化されているからだった。パラシュートの操作、機内各部の機器はもちろん、搭乗者の身体モニターも統合処理して地上に送信する。もちろんピアピア動画の再生もできる。

ひととおり操作してみるが、問題なかった。

「あれから奈美と連絡取れたか」

郁夫が言った。

「いや」

奈美の実家に問い合わせたところ、ケニアで青年海外協力隊のキャンプに飛び込みで参加しているという。休学はせず、ネット経由で受講しているらしいから、通信環境はあるらしい。

「さすがに伝わってるだろうな、この計画のことは」

「どう思ってるか、わかんないけどな」

積極的には明かしていなかったが、宇宙男が誰を連れて行きたがっているかは早々にネットの噂になり、たちまち実名がさらされていた。奈美はそんなことを気にする性格ではない。

省一が恐れているのはむしろ、気にしなさすぎることだった。愛情の反対は無関心だ。乗らないなら乗らないで、せめてそう告げてほしいのだが。

「もし、打ち上げまでに奈美が現れなかったら——」

郁夫が言った。

「俺、乗っていいか？」

「へ？」

「いや、ここが奈美の指定席だっていうなら、バラストを置いてもいいけどな」

「なに言ってんだ。そうなったらおまえが乗るもんだと思ってたぞ、普通に」

普段は目を合わせて話さない郁夫が、こちらを向いた。

「まじか」

「まじだ」

宇宙男プロジェクトの眼目は、二名を宇宙に運べることの実証だ。リスクを最小にするため一人で乗り、もう一人ぶんはバラストを積む選択もあった。だが、このチャンスを無駄にしたくないと思う者がいるなら、彼がそこに座るべきだ。

それから省一は、郁夫が、あるロマンチックなストーリーを、自分以上に大切にしていたことに気づいた。左の席は奈美専用で、神聖なものである、と。

「前にも言ったろ。奈美がそこに座ることは重要じゃないんだ。宇宙に連れてってやれって示せれば」

「そうだったな」

郁夫は頭をかき、それからいつもの口調に戻った。

「じゃあ俺、打ち上げまで葛藤させてもらうわ」

「葛藤？」

「奈美帰ってこい。だが帰ってこなくてもいいぞってな」

省一は笑った。

そこには奈美に座ってもらいたい。だが、郁夫が乗りたいと言い出したことも嬉しかった。この乗り物に誰よりも通じている技術主任がそう言うからには、どうやら自殺行為じゃないらしい。

ACT・8

モハベ空港はロサンゼルス市街から一山越えた内陸、モハベ砂漠の中にあった。空港といっても旅客の出入りがあるわけではなく、民間航空機のテストや保管がもっぱらの使途だった。隣にはNASAや軍の実験機をテストしたり、スペースシャトルの着陸場にも使われたエドワーズ空軍基地がある。

早朝の乾湖に流れこむ朝霧。遠くの丘陵に林立する発電風車。奇妙な形をしたジョシュアの木。

それらを車窓から眺めながら、省一はとうとうここまで来た、という思いを反芻《はんすう》していた。あの東北道を走った夜が遠い昔のことに思える。

太平洋を渡る輸送をどうするかは頭の痛い問題だったが、トヨタが自動車運搬船の一角を貸してくれたおかげで解決した。

ロングビーチ港からはXプライズ財団がトラックを提供してくれた。同時に応募した四チームは書類審査で落とされ、ポーラー・ジェット・チャレンジの次なる段階に進んだのは自分たちだけだった。それだけに主催者側の期待も大きいらしい。

チームは総勢八人で、トラックとハーツでレンタルしたバンに分乗した。密着取材に入ったテレビ・クルーの車を数台従え、輸送部隊は古い四発ジェット旅客機を飾ったモハベ空港の正門をくぐった。

スケールド・コンポジット社のハンガーに乗り入れ、荷物を慎重に下ろす。居並ぶ奇形飛行機を見物する間もなく、パラシュート・モジュールとの嚙み合わせ作業にかかった。パラシュートは縫製作業が遅れたため船積みに間に合わず、別途に空輸されてきている。

嚙み合わせは問題なく、大気圏内用パラシュートについては明後日のダミー投下テストで実証される。双極ジェットを受け止める宇宙用パラシュートについては展開実験すらままならないので、ぶっつけ本番だった。開かなければ弾道飛行して終わるだけのことだ。

その夜は出資者のアンサリ女史も現れて、モハベ市街のメキシカン・レストランでパーティになった。片言英語をものともせずに会話に加わる者もいたが、省一は疲労が蓄積していて、早くモーテルのベッドで横になりたいとばかり願っていた。

宿は郁夫と同室だった。先にシャワーを使ってベッドに入ったが、郁夫はずっとノートパソコンに向かっていた。

「寝といたほうがいいぞ。明日一日でホワイトナイトとダミーの噛み合わせをやるんだから」

画面を見ると、動画を編集しているようだった。

「デイリーレポートさ。これだけはその日のうちにやっとかないとな。ピア技のみんなが待ってるんだ」

「そうか。かたじけない」

ピアピア動画の投げ銭はかれこれ四百万円に達している。現金をなるべく使わずにやりくりしてきたが、この投げ銭でどれほど助かったかわからない。投げ銭は分配設定が可能で、見ず知らずの人の作ったラブソングが、分配先を全額宇宙男プロジェクトに指定していてくれたりする。彼らは毎日のレポート動画を見守っているはずだ。

郁夫にはすまないと思ったが、手伝えることはなかったので、省一は目を閉じた。すぐに眠りに落ちた。

「ずっと既視感があったんだよ。これってホワイトベースなんだ。名前も似てる」

「それを言うならミデアだろ」

誰かがそんなことを言っていた。

空中発射母機ホワイトナイトⅢは長大な主翼に三つの胴体と二組の尾翼を取り付けた双

発ジェット機で、その本質はモーターグライダーだった。速度を出すことはあきらめて、重量物を吊して安全に離陸し、高高度に運ぶことだけを考えて設計されたものだ。

その簡素な機体構造を見た郁夫は、

「こりゃほんとにグライダーだな。ジェット機とは思えん」

と言ったものだった。

前から見ると山形に折れ曲がった主翼中央の上に紡錘形のキャビンがあり、主翼をはさんでその直下に宇宙機を吊す。

液体酸素の供給装置はキャビン後部の貨物スペースに固定し、そこからアンビリカル・ケーブルで宇宙機に連結した。

テスト用のダミー機はずんぐりした鉛筆のような形で、胴体側面にはフライト機同様、小隅レイのイラストと協賛企業のロゴがくっきりと描かれている。埼玉の看板業者が大型プリンターで印刷してくれたものだ。内部にはフライト機と同じ重量になるよう、バラストを詰めてある。パラシュートは本番用を使うので、必ず回収しないといけない。

モハベに来て三日目——抜けるような蒼空の中、旋回上昇を続けるホワイトナイトⅢを、省一は双眼鏡で追っていた。高度十五キロに達した機体はカタカナの「キ」のように見え、いまにも空に溶け込みそうだった。

無線を通してパイロットがカウントダウンを始める。ゼロの声が届き、無限とも思えた一瞬の後、白い点が機体から離れた。

投下から十秒後、ドラッグシュートが放出されたはずだが、よく見えなかった。

「大丈夫、いけてる！」

望遠レンズでビデオ撮影していた係が叫んだ。

開傘は三段階にわかれ、第二パラシュートが開いたところは双眼鏡でもはっきりわかった。

水平速度がゼロになったところでスクエア型パラシュートが開く。全員が歓声を上げた。

ホワイトナイトⅢがそのまわりを旋回しながら、「おめでとう。完璧な分離だった」と告げてくる。

周囲は広大な乾湖だ。ここまでくれば、どこに落ちても大丈夫。興奮を抑えようとして、省一はそう自分に言い聞かせた。

しかしピアピア工場が作りあげた名刺サイズのGPS誘導基板はさらに完璧な仕事をしてのけた。巧みにパラシュートのブレークコードを操り、出発地点であるハンガーから三百メートル離れた誘導路の脇に制御軟着陸してみせたのだった。着地寸前にフレアをかけたため、ダミーはほとんど破損しなかった。

その十メートル上をホワイトナイトⅢが翼を振りながら通過すると、一同は手を振り回したり飛び跳ねたりしてそれに応えた。

中盤クリアだ。明日から南極へ移動開始か。

省一は覚悟を決めた。

奈美はとうとう現れなかったが、やることをやるしかない。

ACT・9

三か月前、あくまでシミュレーションにすぎなかった地球双極ジェットは、いまや観測事実になろうとしていた。北極でのロシア潜水艦および南極各基地からのサウンダー・ロケット観測によれば、ジェットが形成される明瞭な兆候があり、Ejecta@Home の予報の正しさを裏付けていた。

ジェットを横切る人工衛星は存在しなかったが、付近を通る極軌道衛星の詳細な軌道解析からも同様の結論が出ている。

南極点にあるアムンゼン・スコット基地は真上から吹き下ろすガスを地上観測するため奮戦していたが、限りなく真空に近い流れを読み取るのは容易ではなかった。

むしろ磁気圏との干渉が顕著なため、オーロラ帯の直下にある昭和基地が大きな成果を上げていた。電荷を持った微小ダストが磁力線にそって運ばれてきて、オーロラの底を白銀のプラズマで彩り始めたのだった。これも間接的ながら、シミュレーション結果を裏付けている。

しかし形成されたジェットが三週間持続する保証はない。それは月から降ってくるガスの総量に依存するので、ジェットの形成要因とは必ずしも関連しないからだ。

Xプライズ財団は時間を節約するためにLC－130輸送機を用意していた。分解したホワイトナイトⅢとチビタ号を積み込み、関係者も同乗する。航続距離は長くないので南米大陸をつたって移動し、最後はチリ南端から南極大陸のマクマード基地に向かう。

マクマード基地には三本の立派な滑走路があるので、ここからホワイトナイトⅢを発進させる。南極点に近い分離ポイントまで千キロ以上の航程があるが、チビタ号が一・二トンと軽量のため、必要な燃料を積むことができた。

回収チームはLC－130で移動する。この機体は着陸装置にソリを備えているので氷原ならどこにでも降りられる。本来、マクマード基地からアムンゼン・スコット基地へ物資を運ぶために使われている機体だから、こうした運用はお手のものだった。

貨物機のパイプ椅子にくくりつけられ、正味三十六時間、三日がかりの旅を終えてマクマード基地に到着する。

防寒服を着て胴体後部のランプを降りると、キンと張り詰めた空気が頬を打った。

こちらの季節は夏で、気温はマイナス十度前後。ブリザードの洗礼を受けることもなかった。この時期には千人が滞在する基地はちょっとした街のようだったし、背後にある丘陵は黒々とした地肌が見えていた。

ちょっと周囲を見物してみたい気分だったが、天候が穏やかなうちに事を進めなければならない。ハンガーに入ったLC－130から荷物を降ろし、組み立てを開始する。ホワイトナイトⅢの長大な翼はハンガーに収まりきらず、外翼は飛行直前に連結することになった。

チビタ号の準備はわりあい順調だった。低温のためにもっとトラブルが出るかと思ったが、最もデリケートなエンジンまわりは液体酸素を使うため、もとから低温対策ができていた。

基地に着いて二日目、時計の上では夜、専用の台車に乗せられたチビタ号はホワイトナイトⅢの下に運ばれ、ジャッキアップして連結した。

各部の点検にかかる。ノートパソコンをつなぎ、搭載されたiPhoneのプログラムがホワイトナイトⅢの3Dモデルを認識しているのを確認する。さらにチビタ号の頭脳はGPSとGoogleの地形情報からデータを取得し、南極大陸沿岸にあるマッチ箱のような格納庫の中にいることを知っていた。

足音が近づいてきたのを、省一は心の片隅で意識していた。にもかかわらず、声を聞いてノートパソコンを取り落としそうになった。

「じゃんぼー、宇宙男！　はばりがにー！」

白い防寒服を着込み、満面に笑みをうかべた奈美が敬礼していた。真っ黒に日焼けしている。

「間に合ったみたい？　かな？」

他のメンバーも動きを止め、ぽかんとして奈美を見ている。

目の端に郁夫の顔が映ったが、表情はわからなかった。

「いい切符が取れなくてさ、ニュージーランドから補給船に乗せてもらったの。いやー焦った焦った」

「ちょ……連絡ぐらいしろよ！」

「へへ。アポなしが好きなもので」

「ったく。ここに来たってことは、委細承知してるわけだな」

「うん」

「俺の歌、聴いてたか？」

「宇宙男プロジェクトのテーマ？」

「いや……まあいい。じゃ改めて言うぞ」

百万ドルの台詞を言う時がきた。

「おまえを宇宙に連れてってやる。何があるかわからんが、必ず生きて還す。どうする」

「行くよ」

にっこり笑って即答した。すぐに歓声が巻き起こった。

省一のシナリオでは、このあと奈美を抱きしめることになっていたが、左右の腕はそのように動かなかった。考えなければならないことが多すぎた。

郁夫を振り向くと、うなずいて親指を立てて見せた。

いい顔だな、と思った。目だけでうなずき返す。

「よし。奈美は基本、座ってるだけでいいけど、いくつか教えることがある。無線機の扱いと着陸後のサバイバルだ。最悪一人でもできるように」

「わかった」

「いま手が離せないから――中原、奈美にラフトとイーパーブの使い方教えてやってくれ」

「搭乗者《クルー》どうしでやれよ」「そこは俺がやっとくって。まかせろよ」

チームメイトはそう言った。

「すまん」

省一は奈美の手を取って、荷物置き場に使っている小部屋に入った。奈美は後ろ手にドアを閉めながら、そこに立ちすくんだ。

床はダッフルバッグとコンテナケースの海だった。手分けして日本から担いできたものだ。着替え、測定器、フライト品、壊れ物注意、などと書き込んだタグがついている。

「すごいね。ちょっと実感湧いてきたかも」

「これを見てか？　チビタ号やホワイトナイトじゃなく？」

「人の匂いがするから」

奈美はそう言って、匂いをかぐように首をまわした。それから積み上げたコンテナケースの上に腰を乗せ、ぶらぶらさせている自分の足に目を落とした。

顔を上げたとき、奈美は泣きそうな顔になっていた。

「ほんとにいいのかな？　私が乗って」

「それは……正直、危険はある。もし少しでも――」

「そうじゃなくて、こんな、みんなの匂いがこんなにこもってるのに、割り込んでいいの？　私、何もしてないのに」

「それなら気にすんな。みんなそのつもりでやってきたんだ」

省一は奈美の隣に腰掛けた。ファイバーグラス製のコンテナがぎしりと鳴った。

「『こんなことで奈美を宇宙に送れるかっ！』てのがおきまりの掛け声だったさ。ここでおまえが遠慮したら、かえって悪い」

「そう」

「俺はどっちでもいい。おまえに意地を見せたかった。それはクリアしたと思ってる。後はおまえの気持ちしだいだ。宇宙に行きたいか」

奈美はこちらを向いた。

「行きたいよ。超行きたい。テラ行きたい」

「まじか」

「南極まで、見送りに来たと思ってる？　ずっと思ってたもん。省くんありがとう、絶対いっしょに行くよって。危なくても行きたい。嫌われても行きたい。喧嘩してでも行きたい。自動車工学部のくせに行きたい。死んでも行きたい」

真顔でたたみかけてくる。省一は奈美の肩を抱いた。

「わかった。充分だ」

それから身を離して言った。

「じゃあ特訓するぞ」

省一は救命ラフトとサバイバルキットの発掘にとりかかった。

ACT・10

　午後九時すぎ、基地の係官とホワイトナイトⅢのパイロットがこちらにやってきた。

「君たちは疲れてるか？」

　それはまあ、という返事が上がる。

「最新の予報によれば、四十八時間後に天候が悪化するそうだ。回収まで考えるといますぐ出発したほうがよさそうだ。一眠りしたいところだが、どうせ白夜だ。どうだろう？」

「支援チームはいつでもいけます」

　郁夫が答え、各班のリーダーに意見を求める。

「電源、ＧＯです」

「燃焼班、ＧＯ」

「キャビン班――飛びながら気密チェックするってことなら、ＧＯです」

「パラシュート班、ＧＯです」

「奈美は」

「私はオッケー」

「俺も、いける」

　省一はそう答えた。これで決まった。

　省一と奈美はトイレに行って採尿オムツを穿《は》き、その上に青いツナギを着た。トイレから戻ると、牽引車がホワイトナイトⅢに長いロープをかけ、ハンガーの外に引き出すところだった。

意味もなく小走りになって後を追う。隣でLC－130が暖機運転を開始して、急にあたりがにぎやかになってきた。

撮影班が待ちかまえる中、省一は防寒服を脱いで丸め、チビタ号のハッチをくぐった。それから奈美が乗り込んできた。彼女の防寒服を受け取り、足もとに押し込む。

生命維持装置のマスタースイッチを入れ、iPhoneを操作して点検プログラムを走らせる。ヘッドセットをかけて「異状なし」と告げた。

外翼の取付が終わり、スタッフが退避してゆくのが窓越しに見えた。ほどなくタービンエンジンの音が響いてきた。ハーネスを締める。

『こちらマザーシップ、離陸準備完了』

「こちらチビタ、これからハッチ閉鎖です。しばらく待ってください」

『了解』

郁夫が船内に顔を突っ込んできた。

「支援チームは準備完了だ。行けるか、ご両人？」

「GO」

省一と奈美の声が重なった。

「よし。閉めるぞ」

ハッチが押し込まれ、奈美が内側四箇所にあるハンドルを回した。省一も腕を伸ばして確認する。

　ハッチ閉鎖、異状なし。

「こちらチビタ、閉鎖ＯＫ。出発してください」

『マザーシップ了解』

　タービンの音が高まり、カプセルがゆらりと揺れた。窓の下をコンクリート打ちの地面が流れ始め、プロペラを回しているＬＣ‐１３０がちらりと見えた。郁夫たちの乗ったジープが横付けするところだった。

　ホワイトナイトⅢは滑走路に入り、エンジンを全開にした。最初は頼りない走りっぷりだったが、速度とともに安定し、ゆっくりと地面を離れた。滑走路がみるみる遠ざかり、氷原に取って代わる。長い主翼が上向きにしなり、右側胴体がそれにともなって揺れるのが目で見てわかった。ザーッという風切り音が意外に大きく、エンジン音よりやかましかった。

　キャビン内の気圧は〇・七で下げ止まった。支援チームに異状なしと伝える。

　下界はもう白一色で、遠くの山脈だけが青黒く見える。

「すごいよな、俺ら」

　省一はそう言った。来し方を振り返るのは、いつも窓の外を見ている時だ。

返事がない。左隣を見ると、奈美は寝息をたてていた。

なんと豪胆な、と思ったが、自分も眠れそうな気がした。分離まで一時間以上ある。パイロットに時間が来たら起こしてくれと伝え、目を閉じた。


鋭い口笛がインカムに響いた。

『グッモーニン。起きたかね、省一?』

「……あ、はい、起きました」

『よかったな。起きなきゃエイトポイント・ロールをきめてやろうかと思ってたんだが』

時計を見る。マクマード基地の標準時で二十二時。

『分離地点まで二十分だ』

「了解。発進準備にかかります」

iPhoneのメニューに指を滑らせる。エンジン点火準備。各部ヒーターON。

「奈美、起きてるか?」

「うん。いま起きた」

目をこすり、外を見る。

「午後四時くらい……な感じ? これが南極点の夏なんだ」

南極点まで二百キロぐらいか。太陽の位置は季節に応じて高さが変わるだけで、一日の動きは水平移動になる。眼下の山岳部は明暗のコントラストが強く、長い影を落としていた。

『分離地点まで十分。四時の方向に支援機が見える』

「あ、了解。ではこれより外部との交信をミックスします」

省一は無線機のスイッチを入れた。

「こちらチビタ、支援チーム聞こえますか？」

『こちら支援チーム、感度良好。よく眠れたか』

郁夫の声だった。

「ちょっと気を失ったと思ったら一時間経ってた」

『いよいよだな。腹は減ってないか』

「減ってるが、そのほうがいいだろ。日本に帰ったら、学食の特盛りラーメン定食を腹一杯食べてやるんだ」

『そりゃ死亡フラグだって。奈美は？　起きてるか』

「私はお寿司が食べたい」

『そっちは死にそうにねーな』

「でもちょっと恐くなってきた」

『いまになって弱気か？』

「ううん。すごく普通。父さん母さん幸姉聞いてる？　私はいい感じに緊張してるから大丈夫」

『ネット中継で聞いてると思う。あっちの声は届かないけど』

『こちらマザーシップ、分離地点まで一分』

「チビタ了解。オンボードカメラON。内部電源に切り替え——異状なし。そのまま行ってください」

『マザーシップ了解』

『支援機、映像入ってる』

省一は隣を見た。奈美は鏡でも見るかのように、まっすぐ前を向いていた。ハンサムな横顔だな、と思った。

『こちらマザー、投下十秒前——五、四、三、二、一——グッドラック』

浮遊感がきた。iPhone が分離を検出、点火シーケンス画面になる。背後でくぐもった音が響いたかと思うと、体がシートに沈み込んだ。加速度表示は三・四G。頬が後ろ向きに垂れているのがわかるが、会話できないほどではない。

「こちらチビタ、エンジン七基とも点火。姿勢どうかな？　この画面じゃわからない」

『姿勢正常。まっすぐ上向いてる。すんごいきれいな炎が出てるぞ』

「了解。えー、こちらチビタ号の宇宙男です。協力してくれた皆さんに感謝します。あり

がとうございました。チビタ号、順調に上昇してます。ひとまず以上です」

予定のアナウンスをどうにか終える。奈美が後を継いだ。

「宇宙女です。びりびり加速してます。空が真っ暗になってきた。みんなありがとう。宇宙男も元気にやってます。以上」

Tプラス六十秒、エンジン燃焼停止。高度五十キロ、速度マッハ三・二で慣性飛行に入る。

正面の棚に結んであった小隅レイのぬいぐるみがふわりと宙に舞った。

省一はおもわず奈美と顔を見合わせた。

「無重力きた！」

「うん！」

そう言って腕を浮かせて見せる。外に見える地平線ははっきりと円弧を描き、視野の上半分は漆黒だった。

iPhone の画面は航法モードに切り替わっていた。現在位置は南極点にぴったり重なっている。あとは高度の問題だ。ほとんど垂直な放物線の頂点に、まもなく達する。

速度ゼロ、高度百二キロ。前のほうでガタンという音がした。分離した三角帽子――ノーズフェアリングの片割れが窓の外をゆっくり離れてゆく。iPhone 画面に【宇宙用パラシュート展開】が表示された。ここからは直接見えないが、外に取り付けたカメラの映像が入った。

漆黒の空をバックに、絞ったフレアスカートが丸く開いていくような感じだった。その特殊加工された生地《きじ》は音もなく波打ち、小刻みに震えていた。

「こちらチビタ、パラシュートの展開が始まった。ジェット気流を受けているような感じはない……いやでも、そうでもないかな？　波紋みたいに揺れて……あっ」

不意に重力がよみがえった。〇・六二G。

「きたね。きたきた」

奈美が言った。

画面の中のパラシュートがぴんと膨らみ、自分たちを持ち上げ始めたのだった。

「こちらチビタ、〝風〟をつかんだ。ジェットに乗ってる。いま……プラス一・八Gで上昇中。GPS高度、百八キロ」

加速度はおおむね一定で、うち一Gは地球の引力によるものだ。

流れにむらがあるのか、機体は振り子のように揺れ続けていた。だが不快感はない。揺れによって視界がひろがるのがむしろ嬉しかった。

四時間後、小さな宇宙ヨットはついに上昇をやめ、ホバリングに入った。

高度三千七百キロ。地球直径の四分の一少々だが、引力は距離の逆二乗で減少するから、いまは〇・四Gしかない。

もし充分な面積のパラシュートがあれば、ジェットの流速に等しい、秒速十一キロに達しただろう。そして月軌道に到達できたはずだ。そんなことをしたら帰還できなくなるから、今回は見送るほかなかったのだが。

省一は目標の達成をアナウンスし、iPhoneを操作して帰還シーケンスを開始させた。パラシュートの周縁でスリットが開き、チビタ号は降下し始めた。

それとともに、自分自身も何か大きな峠を越えたという思いがこみあげてきた。

「すごいね、地球が丸い」

奈美が窓に顔を貼り付けたまま言った。

半球のすべてが見えるわけではない。南極大陸とオーストラリアの南端、南米のフエゴ地方がかろうじて視界にあり、ほかは海と雲ばかりだが――この高度では地球が全円に見える。アポロ計画以降、人類が初めて肉眼で見る光景。どんな写真でも決して表現しえない、無限の解像度を持った地球像だった。

「なんか泣きたい気分」

奈美がつぶやいた。

「そうだな」

「わかんないまま同意しないで。泣くにもいろいろあるんだから！」

「どう泣きたいんだ」

奈美は急にハーネスを解いた。上体を起こし、右手をオンボードカメラに伸ばす。カメラに向かって「ごめん」と言い、そのパワースイッチを切った。

それから省一に向き直り、不機嫌な顔のままで言った。

「抱きあって泣きたい」

省一はハーネスを解き、奈美を抱き寄せた。汗臭い髪の匂いがした。

「俺もだ」

突然、奈美の iPhone から歌が流れ出した。

透き通るようなハイトーン。小隅レイの声だ。

「なんだよこれ」

抱きあったまま、訊ねる。

「知らない。自動演奏だもん」

「下手くそな歌だな。消せよ」

「わるくないよ」

iPhone の自動演奏機能は、身体モニターや時刻、位置情報など、得られる限りの情報からユーザーの状態を推定し、それに最もフィットしたXLコード対応曲を選び出すのだった。

それにしても、あの夜の俺は何を考えていたのだろう？　現在位置はともかくとして、演奏がいま始まったことからすれば、かなり昂ぶった状態を条件に加えたにちがいないのだが。

旅立ちの朝　ジェットの響き
遠ざかる地面　滑走路
もう昨日までの　僕じゃない
新しい顔になって　君を迎えに行く
あの空　星の世界へ　君をつれて行く
愛してる　SからNへ

コンビニエンスなピアピア動画

ACT・1

星空の下、上田《うえだ》美穂《みほ》は自転車を漕いでいた。

視野の隅でなにか光った気がして、美穂は顔を上げた。

満月をすぎてレモン型に欠けた月が南東の空にうかんでいた。その近くを、流れ星がゆっくりと動いていく。飛行機よりは速いが、普通の流星よりはずっと遅い。

月から降ってきたんだな、と美穂は思った。

それは月遷移群メテオロイド《MTM》と呼ばれていた。昨年、クロムウェル・サドラー彗星が月に衝突して舞い上がった砂利や砂粒のうち、地球大気に接触する軌道をとるグループだ。

当初は月と地球を結ぶ長楕円軌道をとっていたものが、地球大気によるブレーキで徐々に低い円軌道に移行し、ついには軌道速度を失って流星になる。

あれからMTMはかなり数を減らしたが、いまでも数分に一度は明るい流星が降る。大気圏から離れたところにはまだ多くのメテオロイドが残留しているから、人類の宇宙活動は大きく妨げられることになった。人工衛星はいまも打ち上げられているが、コストは数倍に跳ね上がっている。全体をホイップルバンパーで覆うために重くなり、むきだしで使う太陽電池は寿命が縮んだ。一頃は群雄割拠の様相を呈していたGPS衛星もいまは国際協力で統合され、消耗に見合う頻度で打ち上げられていた。

彼氏、彼氏、彼氏、と流れ星に三回念じて視線をおろす。

国道一六五号線に入り、立ち漕ぎして私鉄の跨線橋《こせんきょう》を越える。夜の田園地帯に小さく、しかし煌々と、緑と青の透過光が浮かび上がった。美穂がアルバイトしているコンビニ、ハミングマート二本木店。

底冷えのする夜で、店先にたむろする若者や外国人労働者の姿はない。

美穂は店の横手に自転車をとめ、制服に着替える。事務所に入った。

タイムカードを押し、胸ポケットの上に、IDコードをプリントしたネームプレートが刺したままになっている。

店に出ると、レジに奥さんがいた。オーナー夫婦の奥さんで、店長をつとめる御主人は体を悪くしていて、もう二か月も店に出ていない。自分を含むベテランアルバイト三人と奥さんでどうにか切り盛りしているが、かなりつらそうだ。終夜営業をやめようかしら、とつぶやいたこともある。

「上田、入りまーす」

「ああ美穂ちゃん、さっそくだけど前出しお願い」

「はい」

店内を見回す。客はいない。商品の配置はスタンダードなもので、入って右が雑誌売り場と複合機、ゲームなどのダウンロード販売をするマルチメディアステーション、ATM、アイスクリーム用冷蔵庫の列。

右手奥にはウォークスルーの冷蔵庫があり、ドリンク類を並べている。さらに左回りに進むと弁当やチルド冷蔵のサラダ類が並ぶ。店舗中央の〝島〟ゴンドラは二列で、カップ麺や袋菓子がひしめく。ゴンドラのレジ側端面は季節商品が陳列される。いまは端午《たんご》の節句《せっく》にあわせた玩具類だ。

商品が売れて窪んだところを手前に動かし、必要に応じてバックヤードから商品を補充する。

弁当の棚は空白が四分というところ。フランチャイズ本部のスーパーバイザー《SV》からは常に商品を満たすよう指導されているが、そうすると廃棄リスクも増えるので、微妙な調整が必要だった。

周囲は田んぼばかりの立地だが、一山越えると阪神地域のベッドタウンになるので、交通量はそれなりにある。客層はトラックドライバーが多い。荒くれ男が目立つことになるが、コンビニでの作法はわきまえているので世話がやけない。どちらかといえば、トラブルが多いのは昼すぎに来る主婦層だった。陳列を乱すのも執拗《しつよう》にクレームをつけるのもこの種族だ。

もっとも、美穂は深夜シフトが多いので、あまり出くわすことはなかった。夜にまわされることが多いのは、勤務時間に融通がきくからだった。短大を出て実家に戻ったものの、いい就職先がみつからないので始めたアルバイトだった。やってみるとなかなか面白いので、もう二年も続いている。この道をきわめてもいいかな、とも思う。

四小節のメロディになったチャイムが鳴った。玄関を見ると、奥さんが外に出ていくところだった。手に百二十リットルのビニール袋を持っている。客が途切れたのを見計らって、ゴミ箱の片付けをするのだろう。汚れ仕事でも進んで自分でやる奥さんを、美穂は少し尊敬していた。バックヤードでは愚痴っぽくなるが、客の前では営業スマイルを絶やさない。

ふたたびチャイムが鳴る。

常連客ではない。美穂は店の奥から玄関のほうを一瞥して、脳裏でPOS端末の客層キーを叩いた。男性一名、二十代。ひょろりとした長身で、無精髭に眼鏡。

「いらっしゃいませ」

とりあえず声をかける。雑誌売り場に移動するかと思ったが、レジ前を動かず、奥の壁を見上げている。

煙草か、公共料金の支払いだろうか。マスクもフルフェイスのヘルメットもかぶっていないが、まさか……

自分より早く、奥さんが風のように入ってきてレジについた。

「どうも、お待たせしました！」

「あ……どうも。あのーですね」

「はい」

「いま鳴ってるチャイム――」

「え、チャイム？」

奥さんが玄関を通ったときに鳴り始めたチャイムだ。メロディをひととおり演奏するのに五秒ほどかかる。

「ちょっと詳しく見せてもらえませんか」

「ええと……チャイムをですか？」

「ええ、すぐすみますので」

奥さんは眉根に皺を寄せた。美穂はチルド冷蔵庫の前まで移動して様子を見守った。

「あのー、そういうことは本部に相談しないといけないんですけども」

「いえ、ちょっと蓋を外して見るだけですから。型番がわかるだけでもいいですし」

「でもなんで……」

「いま、ピアピア動画でちょっと流行《はや》ってまして」

「ピアピア動画？」

「そのメロディをアレンジするのが受けてまして」

奥さんは困惑顔のままだった。

「私はピアピア技術部ってカテなんですが、ちょっとハードウェアを調べさせていただけないかと……」

「よくわかりませんけど、備品のことは本部のスーパーバイザーさんに相談しないと、ねえ」

美穂はゆっくりと進み出た。

奥さんはいまだ地上波テレビを情報源としている人だ。知らなくても無理はない。

「私、聞いたことあります。〝ハミマ入店音シリーズ〟のことですよね？」

「そうですそうです！」

男の顔がぱっと輝いた。奥さんだけが合点《がてん》のいかない顔をしている。

「いま流行ってるんですよ。ハミマのチャイムのメロディをいろいろアレンジして。クラシックとか、ジャズとかJポップとかに」

「アレンジして、どうするの？」

「動画にしてピアピア動画にアップするんです。それを見て、みんなで面白がるっていう」

「オーディション番組みたいなもの？」

「……まあ、そんな感じです」

美穂は適当にすませた。テレビ世代の人に言葉でユーザー生成コンテンツ《UGC》動画サイトの楽しみ方を伝えるのは限りなく不可能に近い。

「でも技術部って……」

「技術部っていうのは、技術系の動画で面白いことする人たちなんです。ですよね？」

「はい、そうです」

男は大きくうなずいた。美穂は奥さんに言った。

「ほら南極点から宇宙飛行したりした」

「ああ、なんか聞いたことあるけど……」

奥さんは改めて男に尋ねた。

「このチャイムを調べてどうするんです？」

「特に当てはないんです。曲のアレンジがひととおりやり尽くされた感じなので、ハード面から何か面白いことができないかって思いまして」

「そうですか……」

「これ見たところ市販品ですから、フランチャイジーの守秘事項なんてないはずですよ。型番さえわかればいいですし」

奥さんはまだ迷っている様子で、美穂の顔を見た。美穂はうなずいて見せた。

「そう……？　じゃあ、特別ということで」

奥さんの許可が出ると、男はレジに入り、腕を伸ばして壁の高いところについているチャイムのカバーを外した。

緑色の基板が見えた。

男はウエストポーチから小型のムービーカメラを取り出し、基板すれすれまでレンズを近づけた。

「アルテラか。わりと新しいな……ＷＰＩつきか！」

つぶやきが、少し弾んだ調子になる。

撮影が終わるとカバーを戻し、奥さんと美穂に向き直った。

「ありがとうございました。無理を言ってお手数おかけしました！」

男はぺこぺこおじぎしたが、表情は店に現れたときよりぐんと明るくなっている。それから弁当とウーロン茶と袋菓子とおにぎりを買い込み、意気揚々と玄関に向かった。去り際にもういちど美穂を見て、小声で「支援、感謝です」と言い添えた。

　軽自動車が夜の国道を走り去るのを見送ってから、奥さんは言った。

「こないだもブログに載せるとかいって、ドリンクの棚を撮ってる人がいたけど。よくわかんないわ」

「コンビニって、ネタにしやすいんだと思いますよ」

「そうなの？」

「全国共通で、みんな知ってるじゃないですか。そういうのって、『あるある』って思うじゃないですか」

「そんなものかねえ？」

　奥さんは釈然としない様子だったが、美穂は楽しみがひとつできたと思った。帰ったら〝ハミマ入店音シリーズ〟の新着動画を検索してみよう。うちの店がネットに上がるかもしれない。

ACT・2

　待てどもハミマ二本木店のチャイムを扱った動画は投稿されなかった。美穂がこのシリーズの動画ウォッチをやめて、およそ一か月が経った頃——

「今晩零時半、業者の人が来るからよろしくね」

深夜シフトに出ると、美穂は奥さんにそう言われた。

「工事ですか？」

「うん。チャイムの工事だって」

「チャイム、ですか」

「ストコンのなんとかキーっていう、暗証番号がいるっていうから書いておいたわ。これね。なくさないでね」

英語と数字を書いたメモを渡される。

二十四時間営業のコンビニでは、深夜に改装工事をすることも少なくない。電動タイプの陳列棚《ゴンドラ》と入れ替えたときもそうだった。二列の島にある商品をすべて移すので、客の少ない深夜にやるしかなかったのだが。しかしチャイムぐらいなら、昼間に来てもよさそうなものだ。

もしや、あの時の……。

そう思いつつ検品作業をしていると、きっかり〇時半、〝ハミマ入店音〟とともにあの男が現れた。

「やっぱり、あの時のお客さん」

「そのせつはどうもです！」

男は鞄から名刺と発注書を取り出した。

ピアピア・プロモーション　桑野隆《くわのたかし》、とある。

「運営の方だったんですか」

「いえ、子会社みたいなもんです」

「びっくりです。あの時はピアピア技術部の人って」

「嘘ついたわけじゃないんです。あの時は、ほんと、ただの人だったんで。始めていいですか？」

「はい、どうぞ」

美穂は桑野をレジカウンターの中に招き入れた。奥さんは事務所で発注処理をしているはずだが、監視カメラで見ているだろうか？

桑野はカウンターの上でノートパソコンを開いた。それからチャイムのカバーを外すと、カバー裏に貼ってある番号をパソコンに打ち込んだ。

「暗証番号みたいなものです。これでチャイムのプログラムが書き換えられます」

「へえ」

「ここにストコン側の暗証《WEP》キーを打ち込んでもらえますか？」

「これのことかな？」

美穂は制服のポケットからメモを取り出して渡そうとした。桑野はそれを押し戻して、

「ご自分で入力してください。僕はこれを見ちゃいけないことになっていますので」

「そうなんだ」

「本部との取り決めです。もっともＷＥＰキーは暗号強度低いですけどね。ストコンは古いのを大事に使ってるみたいで」

桑野が離れてそっぽを向くと、美穂はノートパソコンにキーを打ち込んだ。画面上では＊に置き換えられて表示されている。

「できました」

桑野が画面上の開始ボタンを押すとプログレスバーが動き始め、すぐに百パーセントを示した。

数秒後、チャイムがピンポーンと鳴った。

「成功です。これでストコンと無線ＬＡＮ接続できるようになりました」

桑野はチャイムのカバーを元に戻して言った。結局のところ、カバーを外したのは裏に書いてある暗証番号を読むためでしかなかったらしい。

「終わりました」

「え、もう？」

「ＷＰＩって言って、いまどきのデバイス《FPGA》はワイヤレスでプログラミングできるんですよ。

コネクタは嵩張《かさば》るから」

「……？」

「このチャイムは、チャイムに使うには途轍もなくオーバースペックなデバイスを使ってるんです。でも原価は十円ぐらいです。ストコンとの接続は想定してなかったと思うけど、ワイヤレス機能がついてるので、それもプログラム次第なんですよ」

「はあ……」

「もう新曲読んだかな？　ちょっと玄関に立ってみてください」

美穂は言われたとおりにした。自動ドアが開き、続いて耳慣れないメロディが流れ始めた。なんだかＪポップ調の曲だ。

「これは？」

「秘密、守れます？　極秘なんですけど」

美穂は好奇心を刺激された。

「教えてくれるなら守ります」

「再来月ダウンロード販売開始予定の小隅レイの新曲です」

桑野はあっさり明かした。

小隅レイといえば、何年か前に発売されて、いまでもピアピア動画で人気のボーカロイドだ。

「もしかして新曲プロモーション……ですか？」

「ええ。ハミマって国内だけで九千店あるでしょう？　そして店舗あたり、毎日八百五十人が出入りする。このチャイムは毎月四億五千万再生できるわけですよ」

「すごいですね。ピアピア動画だったら百万再生で金字塔とか言われるのに」

「これをほうっておく手はないですよね。まずチャイムで馴染んでもらってから売りだそうってわけです」

　美穂は合点した。他のコンビニねたと同様、あらかじめ耳に入れておけばとっつきやすくなるわけだ。

　それから美穂は、驚くべき事実に思い当たった。

「じゃ、この工事はハミマ全店で？」

「ええ。今週中に全店のチャイム改修を終える予定です。僕もあと二十店ほどまわることになってます」

「ピアピア・プロモーションでしたっけ。社員は何人……？」

「僕一人です。叔父に保証人やってもらっただけで。今回の思いつきを実行するために立てた会社ですから」

「へー」

「工事はピアピア技術部有志で手分けしてやります。工事っていってもいまご覧になったとおり、簡単ですからね。パソコンにアプリをインストールするのと同じです」

「すごい。じゃあ……五百人ぐらいで手分けして工事するんですね？」

「ネットで声かけたら、すぐ集まってくれました。僕もびっくりですよ」

桑野は苦笑した。

「いまどきの電子機器はすごく柔軟にできてますから、こっちも頭やわらかくしないと。このチャイム、これからはオンラインで自分自身を書き換えられます。内蔵のステートマシン上でBSDってOSを走らせておいたので。今回はチャイムっぽい音にしましたけど、実は着うたや着ボイスも楽勝です。四十四キロヘルツのサンプリング音が出せますから」

またメロディが鳴った。入ってきたのは夜遊びをしている高校生グループだ。玄関を通るとただちに右折してぞろぞろと雑誌売り場に向かったが、中の一人が「お、チャイム変わった」とつぶやくのが聞こえた。

桑野と美穂は顔を見合わせた。

「お客様、反応されてますね」

美穂は小声で言った。

「いいスタートです。あのとき、あなたが助け船を出してくれたおかげです」

桑野は美穂の目を見て言った。

「いえ、そんな」

「まだ結果は出てませんけど、いつかお礼させてください」

「わざわざ、そんなこと」

「そのときは改めて参上しますので。じゃ、これにて失礼します。ここにサイン願えますか？」

工事発注書にサインすると、桑野は風のように店を出て行った。あとには、聞き慣れないメロディが響いていた。

ACT・3

チャイム工事からおよそ一か月。従業員にとっては新しい入店メロディがすっかり耳タコになった頃、本部からプロモーション・キットが届いた。

レジ向かいの島の端、いわゆるエンドゴンドラに飾り付けるものだった。客が減った深夜、美穂は奥さんとともにそのセットアップをした。

小隅レイのイラストを印刷した段ボールの衝立《ついたて》に、ブックレットとホログラフつき特製携帯ストラップを収めるポケットを取り付ける。これがシングルで、一部三百円だった。

曲はネットで自由にダウンロードできるし、それを禁じようもないので、いまやアーティストの収入の大部分はこうした購入証明グッズが支えている。ファンはこれを身につけて、自分がアーティストを支えていることをアピールするのだった。

新曲は『星のおとしもの』というタイトルで、カバーアートは異国風の街の鐘楼に腰掛けたレイが、青い夜空をよこぎる流星を仰ぎ見ているというものだった。

エンドゴンドラへの取り付けを終え、衝立の裏にあるスイッチを入れる。対人近接センサが反応して、組み込まれたパラメトリック・スピーカーから曲が流れはじめた。音の指向性を制御しているので、エンドゴンドラ周辺でしか聞こえない。

まあ、ありふれたポピュラーソングだな、と美穂は思った。一分ほどして、サビにさしかかったところで二人は同時に反応した。

「あら……これがそうなのね！」

「ですねー！」

チャイムのメロディと同じだ。この一か月でパブロフの犬のごとく体に刻み込まれた「お客様の出入り」が、この瞬間に『星のおとしもの』という曲に結びついたのだった。

お客様はどうだろう？　自分たちほど耳タコ状態ではないとしても、常連客なら週に数回は耳にするはずだ。

「ゲームのサントラみたいだな」

美穂はつぶやいた。

戦闘シーン、次のステージに進むとき、街で武器や鎧《よろい》を買うときのBGMは、その体験と強くむすびついていて、サントラを聴くとそれがまざまざと甦ってくるものだ。

売れるかもしれない、と美穂は思った。

美穂のシフトが終わって一夜明けた朝から、『星のおとしもの』は売れ始めた。朝の忙しい時に試聴する者は少なかったが、朝食の弁当を持ってレジ待ちする列ができると、近接センサが作動して曲が流れ始めるのだった。

すると列を抜け出して買い求める客が現れた。一人が買うと、それに続く者が現れた。

試聴が途切れないので、朝のシフトリーダーは急遽店内BGMを止めて、音が混じらないようにした。チャイムと試聴曲が混じるのも問題だったが、面白がった高校生が曲にあわせてドアに立ち、ハモらせて遊ぶ一幕もあった。

二日目には仕入れた四十部が尽きたので、奥さんが追加の発注をかけた。三日目の昼には本部からSVが来店して曲の売れ方や客の反応を詳しく聞いていった。

地方の、それも郊外にあるこの店で一部売れるということは全国で九千部が売れていることにほかならない。

一週間で『星のおとしもの』はハミングマート全店で七十三万部の売り上げになり、オリコン・ウイークリーランキングで一位の座を射止めたのだった。

ACT・4

　六月上旬、梅雨入り前の晴れた午後。

　昼シフトに出た美穂は、昼食のラッシュが終わったのを見計らって脚立《きゃたつ》を出し、玄関の外に吊された真空殺虫器の掃除にとりかかった。

　田園地帯と山間部の境界付近にあるこの店では、夏から秋にかけて虫との戦いになる。一匹でも虫が店内を飛び回ると、店の雰囲気は最悪になる。ＳＶが口を酸っぱくして指導するとおり、どんなに陳列が綺麗でも、床がぴかぴかでも、虫の羽音がすべて台無しにしてしまうのだった。

　殺虫器の底の蓋を取り外し、重厚な真空容器のハッチを開き、虫の死骸が入ったカートリッジを抜き出した。「燃やせるゴミ」のつまった袋に死骸を注ぎ込む。

　と、向かいの国道でタイヤのきしむ、派手な音がした。

　ブレーキターンをきめたのは黄色いツーシーターのスポーツカーで、焦げたゴムの臭いをひきつれて駐車場に入ってきた。車は美穂の目の前で止まり、二十代男性が一名降りてきた。ケミカルウォッシュのスリムジーンズに、黒い開襟《かいきん》シャツ。

サングラスを取ると、桑野だった。

「あ、いらっしゃいませ」

「どうも。あなたを見かけたので寄ってみました」

「はい……」

「なかなかお礼できなくてすみません。あれからすごく忙しくなっちゃって。ようやくドライブに誘える車が納車〜今ここ〜って感じです」

「あの、いいんですよ、お礼なんて。むしろこちらがお礼したいぐらいで。あの曲、ひさびさのヒット商品になったので」

「あれ利益率高いですよね。ピアピア動画のユーザーが作った曲なんで。第二弾は人間の歌い手さんになるみたいですけど」

「そうですか」

美穂の反応がそっけないので、桑野は話題を求めてあたりを見回した。

「それは……電撃殺虫器？」

「ええ。いまは真空殺虫器なんですけど。電撃だと、パチパチ音がして嫌がられるので」

「ふーん、知らないうちに進歩してるんだな」

桑野は殺虫器の真下に立って見上げた。

「紫外線灯で虫を誘引して、蓋が閉じて中の空気を抜いて殺すわけか」

「あと、そっちの扇風機も使います」

美穂は玄関ドアの脇に取り付けられた扇風機を示した。

「お客さんといっしょに虫が入らないように、風で吹き飛ばすんです」

「言われてみれば。全然気づかなかったな」

「このへん、虫が多くて大変なんですよ。虫が寄り付かないUVカットのLED灯を使ったらずいぶん減ったんですけど、普通のお家や街灯でも同じのを使うようになって、元通りになっちゃいました」

「なるほどね。こんなとこにも競争原理が働くんだ」

「コンビニって、二十四時間明るくしてなきゃいけないんです。薄暗いお店なんて、入る気しないですよね」

「たしかに」

美穂は空になったカートリッジを元に戻そうとして、手を止めた。

「やだ、また蜘蛛がいる」

「蜘蛛？」

桑野が覗き込む。

カートリッジの内側コーナー部分に、黒っぽいタープのような巣が掛け渡してあった。

「触らないでください。毒蜘蛛じゃないですけど、巣がすごく丈夫で、指にからむと怪我しますから」

美穂は事務所から柄のついたたわしを持ってきて、巣を絡め取った。

「重箱の隅、クリーニング完了っと」

美穂は脚立に登り、カートリッジを殺虫器に差し込んでハッチを閉じた。

「あの、それで……」

「ドライブだったら、んー、来週の金曜なら」

「了解です。というか、その蜘蛛――」

桑野はたわしを指さして言った。

「ちょっと調べたいんですけど」

「そっちですか！」

美穂は吹き出して、たわしを差し出した。絡め取られた蜘蛛の巣の中から、蜘蛛本体の脚がのぞいている。

「なんでも調べるんですね」

「真空殺虫器って、どのコンビニでも使われてますかね？」

「たぶん。ときどきよそのお店を偵察しますけど、パチパチいってるところありませんし」

「とするとコンビニだけでも八万箇所。ライフサイクルの短い蜘蛛なら、そういうこともありうるか……」

桑野は殺虫器の下に突っ立ったまま、しきりに思案している。

「そんなに気になります？」

「ああすみません。でもすごいじゃないですか」

「すごい？」

「高強度の紫外線と、真空に耐える蜘蛛ですよ？」

「……いわれてみれば」

「宇宙でも生きていけそうですよね？」

「どうでしょう？」

「これ、たわしごともらっていいです？　同じのを買って返しますから」

「いいですよ。そろそろ取り替えようって思ってたとこですし」

桑野はハンカチを取り出してたわしを包もうとした。

「待って」

美穂は店に入り、レジ袋を持ってきた。

「これ使ってください」

「ありがとうございます！　えと、来週の金曜でしたね。十一時でどうです？　午前十一時」

「いいですよ。じゃここで待ってます」

「楽しみにしてます。それまでにこの蜘蛛のことも調べておきますから!」

それは頼んでないけどな、と思いつつ、美穂は駐車場を出てゆく車にお辞儀した。

ACT・5

なんで店で待ち合わせなんて言ったんだろう。

よそゆきの服を着てきたところを昼のシフトリーダーにさんざんひやかされて、美穂は深く後悔していた。駐車場が見える雑誌売り場に佇《たたず》んでいたが、背後にあるゴンドラが気になって、つい前出しに没頭してしまう。いつもは関心を向けない男性用化粧品やシェービング器具を吟味したりもする。

「いらっしゃったみたいですよ」

シフトリーダーがレジから無駄に大きな声で呼んだ。

振り返ると、すぐ外に桑野の車が止まっていた。美穂は真っ赤になりながらも「後よろしく」とレジに告げて店を出た。

降りて助手席のドアを開ける、といったことを桑野はせず、内側から開いただけだった。

それでも乗ってきた美穂の服をしげしげと眺め、素敵ですねと言った。

「桔梗《ききょう》が丘にそれなりなレストランがあるんです。イタリアン。いいですか？」

「はい、なんでも」

車もイタ車のようだ。マニュアルシフトを素早く操り、桑野は車を発進させた。地を這うようなスタイルなので、路肩を走る自転車の人を見上げる格好になるのが新鮮だった。

「あ、またハミマですね。峠のこっちではこれが最後かな」

「ええ。このへんドミナント出店してるんです。系列店でかたまってます」

「ドミナント。そんなのがあるんだ」

「よその系列店に負けないように、集中出店させるんです。配送も効率よくなりますし……って仕事の話じゃ無粋ですね」

「いえ、むしろそのへんに興味ありまして。長いんですか、コンビニのお勤めは？」

「三年になりますね。短大出て実家戻って少しして——っていうと歳がばれるか」

桑野は笑った。

「じゃあベテランなんだ」

「シフトリーダーやってます。主に夜の」

「コンビニって覚えることたくさんあるんでしょうね。郵便局や銀行みたいなこともするし、宅配や通販の預かりもするし」

「そういうのはたいていPOS端がやってくれますから。何をしたいか機械に教えてやればいいんです」

「なるほど」

「難しいのは発注ですね。お弁当とか」

「そういうのって本部が決めるんじゃないんですか」

「お店でやるんです。本部もアドバイスはくれますけど」

「そりゃ責任重大だな」

「お弁当一個廃棄すると六個ぶんの儲けが吹っ飛ぶんですよね。全部売り切りたいんだけど、最後のひとつふたつはなかなか売れないんです。売れ残りっぽく見えるので」

「なるほど。胃が痛くなりそうだな」

「でも読みが当たると嬉しいです。天気とかお祭りとかにらんで、勝負！　みたいな」

「そう。いずれは店長ですね」

桑野は前を向いたまま言った。車はカーブの連続する峠道をほとんど減速せずに駆け上ってゆく。

美穂は言った。

「さっきの店とうちの店の間に、もう一軒出せないかなって思ってるんですけどねー。安い土地がいっぱいあるし。でもSVさんはこれ以上は難しいって言ってました。家が少ないから道路が頼りないんだけど、この密度で出店するには交通量が足りないって」

「なるほどですね」


峠を下りて半時間ほどで桔梗が丘団地が見えてきた。広い道路の反対車線に、煉瓦色の壁の、こぢんまりしたレストランが建っていた。

黒服にエプロンのウエイターがドアを開けた。シックな内装で、厨房と客席の間に大きな木目調のワインセラーがあった。

予約席に通され、注文は桑野にまかせた。

スモークサーモンにモツァレラチーズの載った前菜が出てきた。みずみずしい緑のオリーブオイルが円を描いている。

「おいしい」

「よかった」

実際素晴らしい風味だったが、美穂はこの食事が、双方にとってかなり背伸びしたものだと直感した。これまでの会話がそれなりに嚙み合っていたのは、二人に共通するオタク気質のせいではなかったか。

近くに他の客もいないので、美穂はとりすました会話などやめようと思った。

「蜘蛛のこと、何かわかりました？」

「ええ。いろいろ調べて回ったんですが、これが面白くて」

桑野もマイペースを取り戻したようだった。

「病院みたいな衛生管理の行き届いたところで、消毒しても死なない耐性菌が発生することがあるでしょう？」

「院内感染ってやつですか」

「そうそう。あれは強く消毒するから、たまたま耐性を持った菌が現れると大繁殖するってことなんですよね。ほかの菌は死んでて、まわりにライバルがいないから一人勝ち状態になる」

「あーなるほど」

「コンビニの殺虫器も同じことなんです。紫外線で虫を集めるから、蜘蛛はそこに巣をかけると仕事がはかどる。普通なら虫といっしょに死ぬんだけど、たまたま真空に耐える体質のがでてきた。一人勝ち状態になって、どんどん卵を産み、繁殖すると」

「でも真空に耐えるって、大変じゃないですか？」

「哺乳類だと大改造になりますけど、小さな節足動物だと、気門を閉じるぐらいの改造でいけるようです。それに殺虫器の中が真空になる時間は十分ぐらいですからね。他の昆虫が死に絶えて、自分だけ生き延びればいいんです」

「そういえば蜘蛛の糸みたいなのが窓ガラスにからみついてたことがありました。掃除するのに大変でした」

「たぶんそれですね。子蜘蛛は風に糸をなびかせて周囲に飛び散るのかも。ただ、散った後、うまく真空殺虫器を見つけられるかどうかがわからない。でも実際には、同じ種が他県の店でも見つかっているんだ。こんな狭いところをニッチにしているのに、どうして広まったのか……」

美穂はすぐに思い当たった。

「配送トラックに乗ったんじゃないかな。一日三回、このあたりのハミマを巡回してるんですよ。たいてい玄関近くの、扇風機の風の吹くほうに駐車するし」

「ああ、それか！」

「ドミナント配送っていって、かたまって出店してるハミマを一筆書きで回るんです。うちはルートの末端近くなんで遅くなるんですけど、トータルの効率はいいわけで――ともかくそうやって店どうしでつながるし、配送センターとベンダーさんの工場の間も行き来があるし、工場からは全国に配送するから――」

「配送トラックをヒッチハイクすれば日本中どこへでも行けるわけか。蜘蛛が乗り移りさえすれば」

「それがフランチャイズの強味ですもん。本部の号令ひとつで全店が動くから。『星のおとしもの』だって、ハミマのお客さんだけでオリコン入りしたようなもんだし」

桑野は深くうなずいた。

「ネットだけじゃないんだなあ……」

「え？」

「こんどのプロモーションの仕事でも思ったんだけど、世界を結びつけてるものってインターネットだけじゃなくて、いろいろあるんだなってことです。全国ネットのテレビは衰退したけど、コンビニとか、宅配もそうかな、物流は知らないうちに世界を結んでる。面白いですよね」

「うん。ほんと、面白いよね」

こうして僕らも結びついたし——という展開を期待したが、桑野はまだ報告途中らしかった。

「大学で調べてもらったんだけど、この蜘蛛の糸がやたら強くて、ケブラー繊維の数十倍の強度になるそうです。ケブラーっていうのは防弾チョッキに使われたりするすごい繊維ね」

「どうりで怪我するわけだ」

「出糸器官——糸を出す器官、これは普通の蜘蛛と特に変わらないんだけど、真空と紫外線の影響で糸の蛋白質から酸素や窒素が飛んで、炭素が黒鉛結晶のように連なった構造ができるらしい。炭素が主成分だから導電性もある」

「それで黒っぽい巣に？」

「そう。黒鉛結晶で繊維というと、あるものを連想せずにはおかない。カーボンナノチューブ《CNT》というんだけど、どうもこれに近い物質らしい」

「聞いたことないなあ」

「炭素を筒状に編んだような、細長い結晶です。これを繊維にするとものすごく軽くて丈夫なものができる。ピアピア技術部のコミュニティでこのことを語ったら、みんな目の色を変えて。いや、目の色はわからないけど、すごく盛り上がってて」

「へえ」

「連中、軌道エレベーターを作ろうって言い出して」

「軌道エレベーター？」

「そう。エレベーターというよりロープウェイなんですけどね。静止衛星から長いロープを地面までたらして、それをつたって宇宙と行き来する」

「そんなことが、できるんですか」

「ずいぶん前から、理論的には可能だって言われてたんです。でも全長十万キロにもなるので、ロープの重さだけで切れてしまう。それに耐える、軽くて強いロープがあったとしても、隕石が衝突したり、直射日光や放射線で劣化して、すぐにボロボロになってしまう。でも軌道エレベーターができれば、これまでと比較にならないぐらい安く宇宙へ行けるようになるはずです。人類の生活圏は一気に宇宙にひろがります」

「それが、あの蜘蛛の糸でできるんですか」

「……と、ピアピア技術部の人々は言ってたんですが」

「……はあ」

ACT・6

夕方、デートから帰った美穂はピアピア技術部についてネットで検索してみた。すぐにウェブサイトがみつかり、チャットの記録もでてきた。

【ピアピア技術部・談話室チャットログ】

kuwa　――というわけで真空と紫外線に耐える、CNTに近い糸を吐く蜘蛛が現れました、って展開なんだけど。
peo　それなんて御都合SF?
taka88　コンビニ恐るべしだな。隠れたインターネットだ。

sasami　軌道エレベーターを作れってことですね。
reirei　これならひっきりなしにデブリやメテオロイドが衝突してもいい。蜘蛛を繁殖させて補修させればいいんだ。
peo　ぷっつりいったらおしまいだろ。
reirei　巨大なストッキングみたいなものを編ませればいいんだ。穴が開いても全体は切れない。穴だらけになる前に蜘蛛が補修してくれる。
sasami　シェフィールドの『星ぼしに架ける橋』ってSFにあったな。『楽園の泉』と同時期に出て影が薄いけど、遺伝子改造した蜘蛛が繊維を吐くんだよ。
taka88　こんど打ち上げる運輸多目的衛星に相乗りさせてもらえば。
yoman　いくらなんでもずっと宇宙空間で生きられるわけじゃないっしょ。短時間の船外活動ができる、ぐらいの話で。
peo　それに餌も要る。
sasami　宇宙蛾とか宇宙ハエを繁殖させるんだ。静止軌道で。
peo　だからそいつらの餌はどうすんだよ。
reirei　間隔をおいて蜘蛛の飼育箱をとりつければいいんだよ。飼育箱がエレベーターみたいに移動してもいい。
taka88　餌や空気の補充が大変だな。静止軌道だと輸送コストは低軌道の五倍だ。

reirei　なら低軌道で始めよう。これならキューブサットで始められる。
peo　あの十センチ角の超小型衛星で？　ほんとならすごいけどな。
taka88　本気だよ。飼育箱としては充分な大きさだ。ここを基点としてテザーを作らせる。テザーが全長二百キロぐらいになったら、下端を大気圏の薄いところにかすめさせてもいい。これで窒素、酸素、水素、炭素が補給できる。生命の主成分は大気から取り出せるわけだ。あとは微量のミネラル分があればいい。
peo　大気圏を通ったりしたら減速するじゃないか。
reirei　エレクトロダイナミック・テザーってのがあるよ。導電性のあるテザーに太陽電池で起こした電流を流すと推進力が作れる。
pacman　電流って、テザーじゃ回路が開いてるだろ？
reirei　テザーの両端にプラズマコンタクタを置くんだ。電子を導体に流すかわりに、高電圧にして空間に放電して捨てたり、受け取ったりする。こうしてテザーに電流が流れると、フレミングの法則さ。地球磁場の中で電流を流せば力が発生する。これで失った速度を回復させたり、軌道を変えたりできる。デブリ回収衛星でこんな方式がある。
sasami　なるほど、要るのは太陽電池だけで、推進剤なしか。まじいけそうな気がしてきた。
yoman　低軌道でスタートさせて、空気を食いながら勝手に成長する軌道エレベーターか……

peo　そううまくいくかねえ。蜘蛛が望むとおりに動いてくれるかどうか。

taka88　あきらめるのは早いぞ。真空と紫外線に耐えてCNTを吐く蜘蛛を作れといわれても、昨日までならみんなノーって言っただろう。ところがコンビニに真空殺虫器を置くだけでできたんだ。

sasami　進化の神にまかせると。

reirei　神ならぬ我々としては、お膳立てをするまでのことだ。蜘蛛が我々の望むように行動すれば、繁殖率が高まるようにセッティングする。餌をうまく配置するとかしてだ。そうすれば選択が働く。

yoman　宇宙なら放射線が強いから突然変異の頻度は上がるだろうな。

peo　それで死なきゃいいけどね。

pacman　ゼロGでうまく網が張れるのか？

taka88　スカイラブで実験してたよ。最初は下手だったが、すぐに慣れてきれいな円網を張った。もともと蜘蛛や昆虫みたいな軽いものは、重力にあまり支配されてないんだな。

kuwa　なんか盛り上がってきたな。

sasami　kuwaさん、その宇宙蜘蛛たくさん手に入る？

kuwa　各地のコンビニまわって集めた。いま十四匹。

taka88　繁殖できる？
kuwa　まだ孵化《ふか》してないけど、もう卵嚢《らんのう》が三つぐらいできてる。
taka88　グッジョブ。どんどん増やしちゃって。

続いて美穂はピアピア動画に入り、「ピアピア技術部」をタグ検索して新しい順に表示してみた。

こんな動画があった。

【宇宙クモさん】飼育箱で実験してみた【要素実験】

サムネイルをクリックすると、厚いアクリル板で作った小さな水槽のようなものが画面に現れた。圧力計とポンプがつながっていて、中を真空に引けるという。

水槽の中ほどに額縁のような枠が水平に置かれていた。枠には三センチほどの間隔で縦横に釣り糸が張られている。粗い網戸のようなものだ。

その網の中央に、万年筆のキャップほどのカプセルがあり、遠隔操作で開閉できるようになっていた。扉の反対側にはチューブがつながっている。

〝これが宇宙クモさんのお家です〟

テロップが流れる。

〝クモさんがドアの前に来ると開くようになっています〟

〝メッシュ上にあるのはゼリー状の餌です。真空でも乾かないようにコーティングしてあります〟

よく見ると、釣り糸のメッシュのあちこちにビーズ玉のようなものが付着している。

〝徐々に真空度を上げつつ、二週間ほど訓練したらこうなりました〟

釣り糸だけが張ってあったメッシュは、いまや黒光りするシート状の蜘蛛の巣に覆われていた。コガネグモ類が作る円網ではなく、植物の葉や茎にかける棚状の巣に似ている。

真空殺虫器に張られていた巣もそうだった。

〝餌を投下しますと、クモさんが出てきます〟

遠隔操作で落とした餌が、蜘蛛の巣に付着した。するとカプセルが開いて蜘蛛が出てきた。まっすぐ餌に接近し、少し様子を見てから一気に捕脚でくわえ込んだ。

〝クモさんは餌が落ちた振動で反応するようです〟

餌を咥《くわ》えたクモはカプセルに戻り、ドアが閉じた。

〝こんな感じでクモさんは楽しく宇宙生活してます〟

〝さらにオマケ映像〟

枠から蜘蛛の巣が切り取られ、ベースになった釣り糸が抜き取られた。

ゴム手袋をした手が現れて、こよりを撚《よ》るようにして長さ一メートルの糸が撚られた。太さは凧糸ぐらいだろうか。糸の両端は環になった金具にボルトでがっちりと挟み込まれた。

場面が自動車整備工場に変わった。中央に乗用車が一台。天井クレーンがその上に移動してきて、フックが降りてきた。男がフックに蜘蛛の撚り糸のついた金具をひっかける。

乗用車のボディには幅広いハーネスが十字に巻かれていて、それが金具を介して蜘蛛糸の下端に結ばれた。

〝さあてお立ち会い。吊り上げてみますよー〟

テロップに続いて「wktk」コメントが弾幕状に流れた。「わくわく・てかてか」の省略で、期待を意味するスラングだ。

巻き上げが始まると、蜘蛛の糸はピンと張った。その下のハーネスも緊張した。さらに巻き上げると、乗用車がゆらり、と動いた。まだタイヤは床についているが、サスペンションは大きく伸びている。

クレーンを操作していた男は巻き上げを停めて、画面の外に向かって手招きした。別の男が現れて、乗用車のフロントバンパーに手を添えた。

巻き上げ再開。まず後輪が両方とも床を離れた。続いて前輪が離れ、乗用車は完全に宙づりになった。男が手を離すと、乗用車はゆっくりと回転しはじめた。間違いなく一本の撚り糸で吊られている。

画面は「おおおお」のコメントで埋め尽くされた。

美穂も画面に向かって「おおおお」と声を上げた。

〝宇宙クモさん、すごいです！！〟

テロップが流れる。

〝クモさんはＰＩＡＳＡＴに乗って本物の宇宙に飛び出す予定です。乞うご期待！！〟

なんと、宇宙実験までやるのか。

ＰＩＡＳＡＴについて検索してみると、答はすぐに出た。ピアピア技術部内にあるＰＩＡＳＡＴプロジェクトチームが運用する超小型人工衛星のことだ。手のひらサイズの基板一枚に基幹システムが載り、太陽電池とアンテナをつければ人工衛星ができてしまう。手作りではあるが、ネットワーク化された自動化工場での量産体制ができていて、およそ年三回のペースで打ち上げられている。

しかもこれは組み立てキットとして売られていた。

「フルキット頒布価格　四九八〇円」

美穂は驚いた。コンビニでも扱える値段じゃないか。

宇宙ってこんなに身近なものだったのか。

キットを組み立てて動作チェックが成功したら、それを宇宙に送る段取りにとりかかる。ピアピア技術部は超小型衛星をまとめて安く打ち上げるための互助会組織でもあるらしい。手数料を払えば無線局免許の取得からロケット打ち上げサービス会社との交渉までするという。

協賛企業としてピアピア・プロモーションも名前を連ねていた。

美穂は思い切ってチャットルームに入ってみた。ハンドルネームはとりあえず miho にした。

miho　こんばんは。桑野さんて人いますか?
kuwa　はいはい、いますよー
miho　今日はごちそうさまでした。
kuwa　え、miho さんてあの miho さん?!
miho　はい、あの miho です。
peo　くわさんの彼女きた!
moriya　フラグ立った!
reirei　こんばんわー

taka88　みんな鎮まれ！　すごい人が降臨されたぞ、失礼のないように！
kuwa　えー、皆さんに紹介します。ハミマから奇跡の数々をもたらしてくれた私たちの女神様、miho さんです!!
moriya　おおおおお！
sasami　おおおおお！
pacman　伝説の店員さん降臨！
peo　miho たんきた――――！

チャットルームは大騒ぎになった。喧噪の中で、この騒ぎは「miho たん降臨祭」「ハミマ記念日」と命名された。

よくわからないが、自分はこの界隈では救世主のように思われていて、ともかく猛烈に歓待されていることはわかった。

この勢いなら言える。

美穂はそう思い、キーボードを叩いた。

miho　それで、ひとつ相談があるのですが。
pacman　本題きた。

kuwa　はい、なんでしょう？
miho　その軌道エレベーターというのができたら……
kuwa　ええ。
miho　ハミマ宇宙店が開店できますか？
kuwa　ちょ……

テキスト表現による拍手と歓声が、こんどはたっぷり三画面ぶんスクロールした。ピアピア技術部員たちは美穂の思いつきを熱狂的に受け入れ、これを目標として全力を傾注することを誓ったのだった。

それから技術部がキャラクター・ドリブンで活動することが説明された。彼らはなにかのプロジェクトを進めるにあたって、ボーカロイド・小隅レイ等のキャラクターを中心にすえることで人心をまとめ、モチベーションを維持するのだという。美穂は自らのキャラクター化を承諾した。

一夜のうちにハミングマートの制服を着た「miho たん」は二次元キャラクター化され、翌日には3Dモデリングされて動画の中でダンスしていた。

このところ沈静化していたハミマ・アレンジ動画にも手作りモジュラーシンセによる『ハミマ宇宙店でテンション上がった』が投稿されてアクセスを集めた。

美穂はその後もときどきチャットルームに顔を出したが、技術部員たちは猛烈な勢いで専門用語を交わしてプロジェクトを進めており、もはや自分の出番はないように思えた。キャラクター化されると、そちらに意識が移るのだろうか。

ともかく、ハミマ宇宙店の実現がかかっている。美穂は成り行きを見守ることにした。

ACT・7

四か月後、PIASAT24号がインドのPSLVロケットの余剰ペイロードに混ざって打ち上げられ、高度八百キロの極軌道上で活動を開始した。

衛星はびっくり箱のように蓋を開き、直径八センチ、長さ三メートルのスプリングを展開した。スプリングには粗いメッシュがかぶせられ、この円筒内部が蜘蛛の活動空間になった。そこには三十センチおきにカメラが設置され、蜘蛛の様子が撮影される。

ひとつのカメラの視野にはmihoたんと宇宙クモさんのキャラクターをあしらったミッションパッチが置かれていたが、これはホワイトバランスの調整用マーカーを兼ねていた。

衛星本体には二十四ぶんの蜘蛛の飼育カプセルが置かれるが、餌のペレットは円筒空間に向けて低速で打ち出される。ペレットは約五分の一の確率でメッシュに付着する。蜘蛛はその振動を感じ取って捕獲に向かう。

粗いメッシュを補間するように巣を張れば、その蜘蛛はより多くの餌を得られる。餌を多く摂《と》った蜘蛛ほどよく繁殖するから、より宇宙に適応した品種が選択されることが期待された。

地上実験で得たノウハウが効を奏して、蜘蛛は宇宙環境にひるむことなく巣を作り始めた。強烈な日照に耐えかねて数匹が死んだが、残りは黒い準CNTの巣を日除けに使うことを発見した。これは地上でキセノン灯を使って訓練・選別した結果が生きたようだった。

美穂は数日ごとに公開されるレポート動画を楽しみに見守っていた。そして実験開始から五十日めの報告会に参加してみた。

sasami　オービット735で観察されたクモさんの謎の行動について、進展がありました。

kuwa　網を補修するどころか、逆に囓《かじ》り取っていたやつ？

sasami　はい。同じ行動がオービット826でも撮影されていました。今度は監視カメラの真ん前だったので詳細に観察できました。一部始終ダウンリンクできましたので、動画窓開いてください。

チャットと別の窓に、衛星からダウンロードした動画が表示される。

sasami　最初の画像は2コマだけです。オービット824で軌道上は夜でした。蜘蛛の巣が一瞬チカッと光ります。次のコマでは白っぽいガス——たぶんプラズマ——が拡がる様子が写っています。一瞬で終わったので、記録としてはこれだけです。
moriya　微小デブリ？
sasami　はい。可能性としてはクロムウェル・サドラー彗星起源の天然メテオロイドっぽいです。塵サイズのものが蜘蛛の巣に衝突して気化したんでしょう。穴はよく見えませんが直径一ミリ以下と思われます。
reirei　そこへクモさんがやってきたと？
sasami　ええ。オービット826の動画いきます。クモさん14号がやってきてしきりに衝突地点をモグモグやっています。お尻を使ってませんから、糸を出すのではなく、口を使っていることになります。
miho　穴は見えないけど、結構広い範囲で齧ってますね。
sasami　直径三センチぐらいの領域をモグモグやります。でも齧っているとしたら穴が見えるはずです。これは舐めているんじゃないでしょうか？
miho　舐めている？
reirei　ミネラル補給か！

sasami　そう思います。気化したメテオロイドが巣に蒸着するので、それを舐め取っているんだと。
peo　そういや象が泥を食べるのをムービーで見たことあるよ。ミネラル補給に。
moriya　すげえ。
reirei　宇宙適応始まったな。
sasami　クモさんたちはデブリをガスに変えて自分の餌にするわけです。もしこれを大規模に展開すれば、軌道上のデブリ除去に貢献することになります。
peo　大義名分きたー！
kuwa　いや実際、デブリ除去のかなり有効な手段じゃないですかね。軌道エレベーターにまで発展しなくても、別のメリットがアピールできるというのは大きい。
sasami　キューブサットはそれ自体が宇宙ゴミって言われますからね。批判がかわせるのはありがたいです。
reirei　それにミネラルが自給できるなら、大気スクープと太陽電池の電力だけで生きていける。本当に宇宙適応するかも。
miho　えっと、本来クモさんは巣の補修をしてくれるって期待されてたんですよね。それはできるんですか？
kuwa　できてますよ。スプリングの一部に導爆線が仕込んであって、わざと巣を切り裂く実験をしました。大きな裂け目ができると、すぐに修理してくれます。

miho　さすがですねー。

sasami　というわけですので、軌道上にクモさんの生活圏を作るって話は実用段階にきたと判断します。ＰＩＡＳＡＴ26号では本気モードでいきましょう。大気スクープで食糧補給しつつ自分で成長するやつを。

moriya　これは wktk せざるを得ない。

sasami　kuwa さん、資金のほう、お願いできますか。

kuwa　まかせてください。こっちの事業はきわめて順調に推移してますんで。

　こうしてピアピア技術部は大気スクープ給餌機のついた低軌道デブリ・キャプチャー衛星、ＰＩＡＳＡＴ26号の製作にとりかかったのだった。

　ＰＩＡＳＡＴ26号は上下ふたつのモジュールを紐《テザー》で結んだものだ。それぞれにプラズマコンタクタがあり、エレクトロダイナミック・テザーを駆動する。

　上部モジュールには太陽電池と基幹システムが収められ、衛星の本体になる。

　下部モジュールは大気スクープと給餌装置、飼育カプセルをひとつにまとめた複雑な装置だった。打ち上げ時は直径、高さとも五十センチほどの円筒形をしているが、展開すると大口を開けた鮫のような形になる。そのインテークから高度百キロの希薄な大気を呑み込み、動圧を利用した圧搾装置で濃縮され、宇宙の低温を使って冷却されて液化する。扱いやすい状態に転換された窒素、酸素、水素、炭素は藻類の培養槽に導かれる。光合成で繁殖した藻類は細菌の助けを借りて動物性プランクトンを養う。このプランクトンを濾《こ》し取って直径三ミリのミートボール状に加工したものが蜘蛛の餌となる。

上下モジュールを結ぶテザーはケブラー繊維を編んだもので、全長百メートル、直径五十センチの粗いメッシュの筒になる。

この内部が蜘蛛の活動空間になるのは、前回と同じだった。ただし距離が長いので、十メートルおきに空気が吸える補給カプセルが設置されている。

テザーの一部がアルミ蒸着されているので、蜘蛛が準CNTの巣で覆われる前から導電性がある。

衛星全体は五十センチ四方×一メートルの直方体に収まった。これは小型衛星の範疇《はんちゅう》だが、もはやキューブサットとはかけ離れたものだった。

それでも衛星本体の製作は数百万円ですんだ。搭載機器の多くはオープンソース・ハードウェアであり、設計データをダウンロードすればピアピア工場群が実費で製造してくれる。人間がやることは、工場で作れない一部の高度な半導体部品を組み付けることと、数々の動作試験だった。

PIASAT24号の成功から一年と三か月後、26号は種子島宇宙センターからH‐ⅡB

ロケットで打ち上げられることになった。

あくまで余剰ペイロード扱いではあるものの、一トン近い重量があるため、二億円を支払うことになった。費用の大部分はピアピア・プロモーションが負担した。

ACT・8

「店のオーナーは夫婦者じゃないとフランチャイズ契約結べないっていうじゃないですか」

「その条項はとっくになくなってますよ。人手不足だから」

「ピアピア・プロモーション、業績は順調ですよ？　そりゃPIASATにつぎ込んじゃいますけど、無借金経営ですし、株価も伸びてますし」

「でも雲行き怪しいじゃないですか」

美穂は口を尖らせた。

「国際宇宙ステーションが軌道変えて逃げたんでしょ？　大量の燃料使わされたって。賠償とかあるんじゃないですか？」

「あれは誰に責任を問うって問題じゃ……」

青山高原の駐車場に停めた車の中、夕映えに染まる発電風車の列に目をやりながら、桑野と美穂はそんなやりとりをしていた。

「PIASAT26号のシステムじゃ、せいぜい二千匹の蜘蛛しか養えないってことで、誰もが納得してたんです。ケブラーのテザーなんてすぐに劣化して切れて、衛星は大気圏突入して終わりだろうって」

「チャットのログ見ましたよ。始まったな、期待通りだ、ってみんな言ってましたよね」

「そのログはもう消去しました」

「ここに目撃者が一名います」

あたりは西の空にかすかな残照をとどめるまでに暮れ、金星が明るく輝いていた。

桑野は腕時計を見た。

「そろそろですよ」

「もう何度も見てますけどね」

澄み切った空、南西の稜線に白く輝く光の塔が現れた。

それはゆっくりと、筍《たけのこ》のように太さを増しながら上に伸び、同時に水平方向にも動いていた。

「期待はしたけど、クモさんたちが自活するなんて、本気では考えてなかったんですよ。実際、二千匹ぶんの餌しか供給できてないんですから。ただ、蜘蛛の巣で囲まれた空間にはクモさんたちの死骸が残るわけで、それが餌になって循環するとまでは考えなかった。あの空間に光合成細菌がはびこるなんてのも想定外だったし、メテオロイドが貫通せずに内部で完全に気化して、希薄な大気として蓄積されるなんてことも……」

「宇宙って放射線が強いんでしょう？　突然変異とかありそうじゃないですか。それぐらい考えてもよかったのに」

「突然変異はほとんどの場合、悪いことしか起きないんですよ。実際、もうおしまいかってところまで個体数が減ったりもしたんです。でもニッチが空いたところで大繁殖したやつがいて」

蜘蛛の巣は当初、球形に編まれていったが、規模の拡大とともに潮汐力で上下に引き伸ばされた。低い側が大気圏にかかると、電流を通して加速させ、軌道高度を持ち上げた。PIASAT26号の運用チームはこの制御を繰り返しただけなのだが、遮《さえぎ》るもののない新天地を得た蜘蛛たちにとって、成長は際限のないものとなった。

蜘蛛の巣タワーと呼ばれるようになった、全長九百キロ、最大直径百二十キロの紡錘形は、いまや完全に姿を現し、二人の頭上にさしかかろうとしていた。本州ほどの大きさを持つ物体が、下端を高度百キロの希薄な大気に接しながら、音もなく空を横切ってゆく。

それはさきほど沈んだ太陽の光を照り返して、周囲にかすかな青空をしたがえていた。

満月を何百倍も凌駕《りょうが》する明るさに耐えかねて、美穂は顔をそむけた。ルームミラーの影が膝の上を動いてゆく。

あの蜘蛛の巣は黒ずんだ色をしていたのに、なぜこんなにも白く輝くのだろう、と美穂はぼんやり思った。実際には真っ黒な月が黄色く輝くのと同じで、宇宙の闇よりはずっと明るいからだという。

だが、まだ心のどこかで納得できていない。

そこに数兆匹の蜘蛛が這い回っていることも。

その蜘蛛が、自分の糸で編んだ気嚢《きのう》をまとい、内部に光合成細菌を飼って生涯を真空中で活動できる形に進化したことも。

「賠償どころか、太陽電池と電子エミッタを増強して、あれをもっと育てようって話が出ています」

桑野は言った。

「あれは軌道エレベーターのサブセット、低軌道エレベーターそのものです。潮汐力で上下に安定した姿勢で周回し、下端は本来の軌道速度より遅くなる。あの調子で成長するなら、下端部分の速度は、二、三年で秒速三キロにまで下がります。弾道宇宙機でランデブーしてあそこに乗り込めるんです。ファルコンロケットで行けますよ。どうです、いっしょに行きませんか？」

「巨大な蜘蛛の巣に乗り込むなんて、ぞっとしないな」

HummingMart

「これからは人間の世界になりますよ。さらに成長すれば、いよいよ下端の速度がゼロになって軌道エレベーターの完成です。それを黙って見てていいんですか？」

「いいって？」

「そうなるのを待っていたら、先を越されますよ？　セブンイレブンやミニストップに」

「それは嫌だな」

美穂は言った。

「一番乗りするのはハミマ宇宙店」

「ですよね」

「店長はあたし」

「もちろん」

「看板と商品二、三個持っていって、とりあえず開店する。ガムか何かでいいや」

「お客さんはどうします？」

「桑さんでいいよ。だから」

美穂は相手の目を見て言った。

「オーナー夫婦になるのはその後で」

歌う潜水艦とピアピア動画

ACT・1

「まあそう落ち込むなよ。宮崎駿も言ってたぞ。企画が通らなくたって、人生おしまいだなんて考えずに大事に引き出しにしまっとけって。いつか使うときが来るから」

品川駅構内の居酒屋。カウンター席に男が二人。

「……誰です」

気のない、酔いで濁った目で、中野《なかの》は訊いた。

半袖の綿シャツから、よく陽に灼けた二の腕がのぞいている。海洋調査船に乗り込み、世界の海をめぐってきた証《あかし》だった。

「宮崎駿知らない？　カリ城やナウシカやトトロの監督」

「知りませんが」

「僕らの世代じゃ基礎知識なんだけどね。人生は宮崎アニメで学んだもんだよ」

産総研の後藤《ごとう》は、身なりはこざっぱりしているが、飲むとギークの素養を露《あら》わにするのだった。中野より十歳ほど年上で、少々ジェネレーションギャップがある。

「まあ、ダメモトって話ではあったよな？」

「それは」

中野の視線は、冷めて脂が白く浮かんだ焼き鳥の皿に落ちた。

「アメリカのウッズホール海洋研究所だってさ、古ぼけたアルヴィン号でがんばってるでしょ。JAMSTECのほうがなんぼかゴージャスだよ。しんかいにちきゅうにかいれい。ん、かいこうだっけ？」

「……両方」

「このうえ水中排水量四千トンの潜水艦よこせってのは、さすがに無理筋と思わないか？兵器ってのは採算度外視で動かすもんだし」

「仕方ないでしょう。しんかいなんて気球も同然ですよ！」

審査会での論戦が脳裏にぶり返し、中野は顔を上げて言った。

「潜水艦こそ鯨にいちばん近い乗物なんですから！」

中野は海洋研究開発機構《JAMSTEC》・海洋生物圏領域に所属する。昨年しんかい６５００に研究員として搭乗し、サハリン沖の熱水噴出口の調査に加わった。

首尾良くチューブワームのコロニーを観察し、海面に向かっている時——水深二百メートルの温度躍層直下で、ハイドロフォンが鳥のさえずるような声を捉えた。暗視カメラを向けてみて、中野は驚いた。

ザトウクジラの群れが闇の中で踊りたわむれていた。大きな胸びれを巧みにあやつり、インメルマン・ターンとバレルロールを繰り返している。こんな挙動は見たことも聞いたこともなかった。

「浮上中止、あの群れを追ってください！」

中野はそう叫んだが、パイロットは首を横に振った。

「中止できませんよ。もうバラスト全量投棄したので」

「そこをなんとかなりませんか！」

パイロットはスラスターを使って、できるだけのことをしてくれた。だが移動能力はあまりに小さかった。このような潜水調査船は移動を母船にまかせるから、自身では歩くほどの速度しか出せない。

群れはたちまち遠ざかった。仲間うちで呼び交わす声だけがしばらく続いたが、それもノイズにかき消された。

以来、この出来事は中野の心を占め続けた。

たとえば彼らが海面で見せるジャンプ、いわゆるブリーチングも、現象の小さな一端にすぎない。それゆえ謎のままでいる。海中での行動を連続的に観察しなくては決着しないのではないか――

そして中野は、あるプロジェクトを提案するに至った。

《潜水艦による鯨行動の対話的・能動的観察プロジェクト》

潜水艦は海上自衛隊から借りる。それは高性能のソナー・アレイを装備しており、速度も潜水能力も鯨並にある。しかも静粛性が高いから鯨へのプレッシャーを最小にできる。潜水艦で鯨に近づき、その行動を逐次観察し、コンピュータに入力する。聴音するだけでなく、こちらからも声を発して反応を引き出す。複雑な相互作用をベイジアン・ネットワークに落とし込んでリアルタイムで解析し、反応モデルを構築する。

この音響解析については、産総研で歌声情報処理を研究している後藤の協力をとりつけてあった。どうせ機密扱いで触らせてもらえないソナーの解析装置は降ろし、独自に高性能のコンピュータを積む。マイクおよびスピーカーとしてのソナー素子はそのまま使わせてもらう。これで軍事転用可能な成果が出たら防衛省の技術研究本部に引き渡す。

だが中野のプロジェクトは、域内審査であっさり却下されたのだった。

理由は「防衛方面に関わるのはめんどくさいし金食い虫」だった。さらに「鯨の歌にかぶれるのはニューエイジ的」「しょせんカバから派生した哺乳類だ。牛や馬の鳴き声にこれといった意味がないのと同じ」などと酷評された。

後藤は落ち込む中野の横で、しばらく宙を見つめて思案していた。それから意を決したように言った。

「中野君さ、鯨に向けて出す音声のところだけど、ボーカロイドでできない？」

「は？　ボーカロイド？」

「そう。小隅レイで」

「なんでわざわざ」

小隅レイとは、十年ほど前に発売されたボーカロイド、つまりボイス・シンセサイザのことだ。ボーカルの歌唱を合成できるので、音楽製作がすべてコンピュータ内で行えるようになった。バーチャルアイドル・小隅レイというキャラクター設定があり、これに人気が出て広く知られるようになった。

ボーカロイドは元になる人間の声を数多くサンプリングして音素ライブラリを構築している。それにピッチ、長さ、ビブラート等のパラメータを与えて加工すると、ひとつながりの歌になる。

中野はすでに、海棲哺乳類の音域に適合した自前のボイス・シンセサイザを開発していた。市販品よりきめ細かい制御ができて、応答性もいい。わざわざボーカロイドを使う必要などなかった。

「困ったときの小隅レイ、っていうでしょ」

「なんのアニメですか」

「アニメじゃなくて」

「そりゃ小隅レイぐらい知ってますよ。子供の頃からありましたから」

「で、できるの？　ボーカロイドで」

「できますよ。最終的な出力はほぼ同じでしょう。一手間余分にかかるけど」

「じゃあさ、それでいこうよ」

「だからなんで。あれ萌え系とかいうんでしょう？　そんなの使ったら女に振られそうですよ」

「最近はそうでもないっていうよ。もう国民的アイドルだし、産総研じゃよくタイアップしてる。レイにからめるとフックが全然ちがうからさ。レイ様まじ天使だよ？」

国民的バーチャルアイドル、小隅レイを使ったプロジェクトとして独自に発表し、世論の加勢を得て予算成立に持ち込む。これが後藤の提案だった。

中野は泡の消えたビールを大きくあおった。

「産総研て、なんでそうオタクっぽいんです？」

「オタク？」

「美少女ロボット作って踊らせたり、ボーカロイドでいろいろやったり」

「理工系はその方面に理解者が多いんだよ」

「ＪＡＭＳＴＥＣじゃ話題にもなりませんけどね」

「うちの親方は経産省だからね。商業的、産業的価値があるものにフレンドリーなんだ。まじめに海の研究やってるＪＡＭＳＴＥＣよりは世俗的だな」

「でもそれって、科学者としてフェアじゃないでしょう」

中野は今回の判定を不服としながらも、経験豊富な研究者たちが委員を務める域内審査に一定の信頼を置いていた。人気アイドルにあやかって外からこの決定を動かそうとするのは、衆愚政治的ではないか？

「潔《いさぎよ》くあきらめるのがフェアな科学者ってわけかい？　信じるのは自分じゃなくて審査員であると」

「そうは言わないけど――」

「僕の経験から言えば、ネットのアピールでの打率は一パーセント以下だよ。特にオタクっぽいのはね」

後藤は言った。

「百人中、九十九人は嘲笑するだけだ。だが一人ぐらいは、こちらの真意を見抜き、力になってくれる。千人なら十人、一万人なら百人だ」

「スパムメールやオレオレ詐欺と同じですね。ごくまれに釣れるやつがいる。広めるコストはかからない」

「そうさ。だがこの場合、釣れるのは無知な愚か者じゃない。あきらめないなら、それしかないと思うね。新機軸ってのは理解されないもんだよ。誰も気付かず、鳴かず飛ばずじゃ何も始まらない」

「うーん……」

中野はしばらく首を傾げたり、頭を掻きむしったりしていた。そしてもう一度、悪あがきしてみようと思った。

「……具体的にはどうするんです？」

ACT・2

中野は後藤に教えられた通り、まず二つのことをしてみたのだった。まず、ウェブサイトを開設して自分のプロジェクトを説明した。公式プロジェクトではなく、プライベートな提案と断ってある。しかし自分がJAMSTECの研究員であることは隠さなかった。

トップページには小隅レイのイラストを大きく掲げ、その上に潜水艦と鯨をあしらった。

次に動画を作った。「ボーカロイド小隅レイ搭載の潜水艦で鯨と対話するプロジェクト」と題して、内容を解説した。しめくくりに「まだ予算通ってません。応援よろしく！」とテロップを入れた。

動画をピアピア動画にアップロードする。ピアピア動画とはピア《P》・ツー《2》・ピア《P》技術を使った大規模な動画投稿サイトで、ボーカロイド音楽の主要な発表場所になっている。中野も以前からアカウントを持っていたが、たまにヒットチャートを覗く程度だった。熱心なユーザーはさまざまなコミュニティを作って活動しているらしいのだが。

そうだ、佐緒里《さおり》に電話しなくては。

本人が知るまえに説明しておかねばならない。

携帯電話を手に取った瞬間、着信音が鳴った。その音で佐緒里からとわかった。

「や、どうも、ええと――」

「動画見たよ」

「もう見たか！」

「だってフレンドに通知あるじゃん」

「そうだった。いや、待った、説明させてくれ。あれはだな、俺が萌え趣味に走ったのではなくてだ、つまり――」

「レイちゃんが好きなんだ」

「そうじゃなくて！」

「意外だったなあ。こういうの興味ないと思ってた」

「だから、そうじゃないんだ」

「あたしが好きなのは亞北リンなんだけどね」

「え？」

中野は戸惑い、聞こえたとおりに復唱した。

「飽き足りん……？」

「亞北リンってのは、小隅レイの派生キャラなの。二次創作だけの公認のね。音源としては同じだから別にいいんだけど」

「ええとつまり……いいのか」

「面白そうじゃん」

「そうか」

「頑張ってね。はぁと」

通話終了。中野は冷や汗をぬぐった。

ふと動画のプレイヤー画面を見ると、早くもコメントが並び始めていた。動画の上にコメントがオーバーラップして流れるのがピアピア動画の特徴だ。

JAMSTEC始まったな
これは胸熱
レイ様海中ライブきた――――!
支援するしかない
グッジョブというしかない
けしからん、もっとやれ
日本は平和だ

ウェブサイトのほうにも異変があった。アクセスカウンターが見たことのないスピードで回り始めている。それは芸能人やアルファブロガーだけが知っている桁外れの速度だった。

アクセスログからリンク元をたどると、「日刊レイレイニュース」「レイ拝堂」といったファンサイトから大量のトラフィックがあった。「小隅レイ　潜水艦」で検索すると数十のブログ、まとめサイトが紹介し、2ちゃんねるにスレッドが立っていた。

そしてメールが着信しはじめた。応援の表明、協力の申し出、そしてITmedia、

GIGAZINE、ガジェット通信、ロケットニュース、週刊ポスト等から取材・コメントの依頼があった。

中野は頭を抱えた。

どこから手をつけろというのだ……。

ACT・3

船の上甲板をイメージしたといわれる、横須賀・ヴェルニー公園のウッドデッキ。観光客はコツコツと音を立てて闊歩するが、彼は長年の習慣で、つい足音を忍ばせてしまう。

日が長くなってから、大賀《おおが》はここを散歩して帰るのが日課になっていた。

足を止め、対岸の米軍基地に間借りしている潜水艦に目をやる。二隻が目刺しに並んでいる。岸に近い側がＡＩＰ機関を搭載した最新型のそうりゅう改、手前が退役の決まったおやしお型ディーゼル潜水艦、かざしおだ。来月には神戸に回航されて解体処分される。

あの艦を、かざしおを救ってやれなかった。

忸怩《じくじ》たる思いがこみあげてくる。二年間指揮を執ったあの艦を、大賀はこのヴェルニー公園に地上展示して余生を送らせるよう運動してきたのだった。深田サルベージの大型起重台船を使えば半日ですむ作業だった。

だが、横須賀市の都市景観委員らが行ったAR審査の結果、「威圧感がありすぎる」と判断されたのだった。船体だけで公園の木々よりも高い、巨大な爆弾みたいなものが鎮座するのは目障りだ、という。

なら三笠公園は何なんだ、横須賀は明治の昔から海軍基地で持っている軍都だぞ、呉《くれ》にはある潜水艦の地上展示が横須賀にないなど屈辱の極み、と熱弁をふるったのだが、ついに聞き入れられなかった。

携帯電話の着信音が鳴った。発信者を見て驚いた。平井《ひらい》群司令——二潜群のボスが何の用だろう？

てっきり職場に呼び戻されるのだと思ったが、一杯つきあってくれないか、というお達しだった。逸見にある海上自衛隊幹部御用達《ごようたし》の料亭を指定された。

タクシーをとばして駆けつけてみると、女将《おかみ》が待っていて、中庭に面した小部屋に通された。群司令は先に始めていた。

「遅くなりました」

「いやいや、急に呼び出してすまなかった。まずは一献《いっこん》」

酒をすすめられる。

「アメさんの新しい沿岸戦闘艦ね、来週寄港するそうだ」

「あのウェーブピアサーの?」

「そうそう。相模湾までは全速航走してくるらしいから、音を録っておきたい。といっても、あからさまに音響測定艦を出すのはちょっとね」

「なるほど。お話というのはそれですか。来週ならこくりゅうが出航しますから――」

「いや。いやというか、よろしく頼むんだが、それはそれとしてだ……」

別の話があるらしい。

平井はなかなか本題に入ろうとしなかった。

徳利《とっくり》を二本空けたところで、ようやく話を切り出したのだが、大賀は最初、それも雑談だと思っていた。

「大賀君、小隅レイって知ってるかね?」

「ああ、アニメの。うちの子供らもよく聴いてましたが」

「アニメじゃなくて、ヴァーチャルアイドルなんだがね」

「はい」

「いい曲もあるんだ。個にして全というやつで、いろんなPが歌わせるから、演歌もあればプログレもある。ボサノヴァやオペラまである」

「Pといいますと?」

「プロデューサーのPだよ。小隅レイに歌わせている、その楽曲の作者のことだな」

「そうですか……」

話の先が見えなかった。平井は五十八歳、フルートをたしなむというのは知っていたが、小隅レイに詳しいとは意外だった。

「その小隅レイが、なにか」

「JAMSTECの若いのがね」

「はい」

JAMSTECの本部は長浦港の入口付近、米軍基地の向かいにある。海上自衛隊にしてみればお隣さんのようなものだ。

「潜水艦で小隅レイを使いたい、と言ってるんだ」

平井は鞄からタッチパッドを取り出し、大賀に差し出した。中野の作ったページが表示されていた。

「潜水艦のソナーに小隅レイをつないで鯨と対話……ですか。なんと奇抜なことを」

「どうかね？」

「とおっしゃいますと」

「かざしおだよ。あれにレイちゃ……小隅レイが乗って鯨と心を通わすなんて、夢があっていいじゃないか。海上自衛隊のイメージアップにもなるだろう。そう思わんかね？」

「ということは、スクラップは」

「延期だ、もちろん」

大賀は身を乗り出した。

「それは、いいですね！」

「我が国の保有する潜水艦の数は決まっている。だから除籍はするが、武器をおろす以外はそのままだ。ＪＡＭＳＴＥＣに移籍するが、乗組員はうちから出向させる」

「なるほど」

「いや、何が決まったわけでもないんだ。これはまだ根回しの段階で、先方の都合も聞いてないんだが、こちらのオファーは固めておきたい。どうだね？」

群司令は大賀の顔をじっと見た。

「魚雷をおろしたフネじゃ、艦長など嫌かね？」

大賀は弾かれたように背筋を伸ばし、深々と頭を下げた。

「謹《つつし》んで、拝命いたします！」

ＡＣＴ・４

追浜駅前から職場に向かうバスの中で、中野は憂鬱だった。

何も考えずに動画をアップしたのが金曜日の夜で、土日は休みだったから、今日が最初の出社になる。

週末を通しての露出はひどいものだった。一個人の提案であるにもかかわらず、あたかもJAMSTECが小隅レイとタイアップした新プロジェクトが始まったかのように報道されているのだ。

ピアピア動画のコメントやメールでは賛同・応援の声が多かったが、たまに批判や揶揄《やゆ》もあり、これは少数でもダメージが大きかった。なにより悔しいのは、自分がレイ廃――廃人になるぐらいの小隅レイ・ファン――で、その欲求のためにプロジェクトを立ち上げたと勝手に決めつけた上での罵倒だった。

多くの記事でJAMSTEC公式サイトがリンクされていたから、そちらもアクセスが急増しているだろう。ログをたどれば何が起きたか、簡単にわかってしまう。

出社してみるとさっそく、中野はボスに呼び出された。

中野は腹をくくった。始末書ですむとも思えない。俺のキャリアもここまでか。

海洋生物圏領域、領域長室の前に立ち、深呼吸してドアをノックする。

「おう、来たか。元気そうだな」

「いえ」

西里《にしざと》領域長は前置きなしで本題に入った。

「君の、潜水艦で鯨追っかけるプロジェクトだが――」

「すみません、軽率でした！」

「再審査になったよ」

「へ？」

「海自から打診があった。退役する潜水艦を乗組員ともども提供してもいいというんだ。君の提案の最大の否定理由が解消したことになる」

「なんと」

「さらに経産省のほうから金銭面で支援の話が来た。潜水艦のセイルにレイちゃんのマーキングを入れるよう提案されている。まあ条件だと思っていい。もちろん否はないだろうね」

「レイちゃん……」

「胸熱な展開じゃないか。最初からこうすればよかったんだよ。レイちゃんを神輿《みこし》に担いでおけば関係者全員ハッピーになれるってわけだ」

展開についていけず、思考力が鈍っている。中野は言葉を確かめるところから始めた。

「むねあつって、なんですか？」

「胸が熱くなるなの略さ。いまの人は使わないかね？」

中野は頭を振った。

「領域長も、小隅レイがお好きなので？」

「おう、バージョン1から持ってるよ。まだVOCALOID2エンジンの頃のさ。いやあ、あの頃は熱かったなあ。日本中で眠ってる才能が開花して、アマチュアの音楽がどんどん伸びていったんだ。３Ｄのモーションエディットやエフェクトもね」

西里は遠い目になって、思い出話を始めた。意味不明な言葉、固有名詞が右の耳から左の耳へ、まるでピアピア動画のコメントのようにスクロールしてゆく。

いったい小隅レイってなんなんだ？

後藤の言ったとおりになったが、中野はいまだに釈然としなかった。

もしかして小隅レイの秘密結社でもあるのか？

ＪＡＭＳＴＥＣや自衛隊や産総研や省庁や官邸やマスコミの中枢にメンバーが潜伏していて、常に機会を窺い、この国を動かしているのか？

「どうした。浮かない顔だな？」

「い、いいえ。再審査、嬉しいです。感謝します！」

「期待していいと思うぞ。他のプロジェクトも圧迫しないしな。広報部も喜んでる。この週末だけで一年分のページアクセスがあったそうだ」

領域長はそう請け合い、一笑した。

「お手柄だったじゃないか」

ACT・5

「それではプロジェクトの実現を祝して、乾杯!」

「乾杯!」「乾杯!」「かんぱーい!」

話はとんとん拍子に進んでプロジェクトは本決まりになり、逸見の料亭で関係者のキックオフ・ミーティングと称する祝宴が開かれたのだった。

乾杯の音頭をとったのは第二潜水隊群司令の平井。その向かいに西里領域長。二人は初対面ではないらしく、すでに意気投合している様子だった。

「なつしおを神戸のドックに入れて、元町に繰り出した。そのときだなあ、スナックに『めると』が流れて」

「ああ、名曲ですなあ」

「言ってみりゃティーンズの痛い歌なわけですよ。だがそれがいい。この粗削りな勢いはプロには出せないって思いましたね。西里さんは?」

「私はね、レイ発売から一週間経ったか経たないかって頃に出た『おしえて☆ますたぁ』

ね。リップシンクのアニメがついてるんで度肝を抜かれましたね」

「あれは曲もよかった。エロゲの主題歌風なのが実はジャズで」

「そうそう、オケがいいわけですよ、ビッグバンド風でねえ！」

「バンドといえば翌年の横須賀音楽隊の演奏会で、まあ子供向きには日曜朝のアニメ曲を使うのが慣例なんですがね――」

「ボカロ曲を押し込んだ？」

「大人げないですがね。戦隊ヒーローの歌だって言い張って『外道戦隊うれたんだー』をね」

「まさに外道！」

「その日のうちにピアピア動画にアップされてましたよ。それで横須賀の音楽隊はわかってるって評判になって、毎回満員御礼ですよ」

「小隅レイ様様ですなあ！」

「わっはっは！」

産総研の後藤は話についていけるらしく、ときどき合いの手を入れている。大賀艦長は如才なく笑顔を向けているが、話に入ろうとはしなかった。肌はあまり灼けていないが、それは潜水艦乗りだからだろう。同じ海の男という気がして、中野は親近感を覚えた。小声で話しかけてみる。

「潜水艦から見て、相模湾あたりはどうです？」

「相模ね、うん、やっと海が始まるなって思いますね。たまにCZ出ますからね」

「CZが。あのへんは深いといっても千五百――」

CZとは音響収束帯のことで、音源を中心として約三十海里おきに同心円を描くように出現する。CZはもっと深海でないと発生しないと思っていたが。

「出るときは出ますね。黒潮の干渉と見てるんですがね。黒潮ってのも、中から見れば上下数百メートルの壁ですから」

「なるほど。三次元のセンスですね」

「潜水艦は潜れるのが長所だから、深さ方向の自由度は大きいほうが嬉しいんです。ですがCZが出ると遠くから発見される恐れがある。P‐3Cやヘリのね。ローファー戦術といって、これがまたしつこい――」

「おいおい大賀君。防機防機！」

小耳に挟んだ平井が、笑顔で注意する。

「は、気をつけます」

「すみません、話を振った僕が悪いんです」

中野は弁護した。それから大賀と目が合った。この話はまた後でやろう、と目配せされる。

この艦長とはうまくやっていけそうだ、と中野は思った。

かざしおの延命工事と改装は神戸のドックで行うので、艦はまもなく横須賀港を出ていった。

ＪＡＭＳＴＥＣには直径五三三ミリの訓練用模擬魚雷が運ばれてきた。潜水艦に光学センサーがないので、魚雷発射管を使ってカメラと照明装置、そしてレーザーを使った光学レーダー装置ＬＩＤＡＲを組み込む計画だった。こうしたものはＪＡＭＳＴＥＣの得意分野で、しんかいやかいこうの予備部品をかき集めるだけですんだ。これは陸送して神戸で艤装することになる。

ＺＱＱ－６ソナーシステムのドキュメントは十冊あまりの分厚いバインダーに収めて機密扱いで届けられた。その核心になる解析装置の記述部分は抜いてあったが、それでも防衛機密には変わりない。入退室をＩＤカードで管理した部屋でのみ取り扱う規則がやや面倒ではあった。

中野と後藤はソナーシステムを徹底的に調べた。主なソナーは艦首、船体側面、曳航アレイで、パッシブでも、ある程度距離を割り出せるだけの基線距離があった。

見取り図にある二百デシベルの出力を持つトランスデューサーやカウンターマスは度肝を抜く量感だった。マイクおよびスピーカーにあたるピエゾ素子のドライブ部分からアンプ類を通してデータバスに至る回路は見慣れないものばかり。だが、電気信号になってからは普通のマイク、スピーカーと大差ない。

後藤は言った。

「要するにパソコンのサウンドインターフェースが素子の数だけあればいいわけだよ」

「テストジグを作って進めておきますか。神戸にドック入りしたらすぐ繋げるように」

「そうだな。よおし、バリバリにチューンしてやるぞ！」

ACT・6

中野と後藤が神戸の潜水艦隊宿舎に入って五週間。

六甲おろしの寒風の中を川崎重工のドックに毎日通い、ハッチから艦内に降りる梯子の昇降、そこに漂う悪臭にもすっかり慣れた頃、かざしおに第二の人生を送らせる用意が整った。

葉巻型の耐圧船殻の上にそびえる高さ七メートルのセイルは冬空に映えるオレンジ色に塗られ、藤色のロングヘアをなびかせた少女のイラストがくっきりと描かれていた。経産省が小隅レイの発売元とタイアップして公募したものだ。セイル頂上の艦橋には大賀艦長ほか二、三人が立ち、ハンディ無線機片手に出港の指揮をとっている。

報道のヘリが頭上を飛び交って騒々しい。少し離れたメリケンパークの岸壁も見物人が鈴なりだった。かざしお出港イベントが開かれていて、PA装置で小隅レイの歌を流している。これも経産省のキャンペーンで公募された応援ソングだった。

中野は他の乗組員とともに甲板に整列して、埠頭で見送る人々に手を振った。IDタグを首にかけた佐緒里はデジカメを構え、物珍しそうに周囲を撮影していた。別れを惜しむというより、立場を利用して特等席をもらい、身近に起きたボーカロイド・イベントを楽しんでいるようだ。少々物足りないが、まあ愁嘆場になるよりはいい、と中野は思った。

六甲山地のむこう、空に溶け込むようにして、蜘蛛の巣タワーがゆっくりと動いていくのが見えた。宇宙空間で成長を続け、全長はもう一万キロに達したと聞いている。あれもピアピア動画のユーザーたちがノリで始めたことで、このプロジェクトと並べて紹介されることが多かった。

もやいが解かれ、艦橋から「後進微速」の声がかかる。艦尾が波立ち、かざしおは漂うように離岸した。これから紀伊水道を出るまでは浮上航行になる。潜水艦が最も不得手とする領域だ。

中野は隣の後藤が心許《こころもと》なげに足元を見たのに気付いた。彼は船乗りではない。フィンスタビライザーなどついていない潜水艦での浮上航行は、ひとつの試練になるだろう。

「ビニル袋、三秒以内に取り出せますか？　あれは突然来ますからね」

艦内に降り、発令所に隣接したソナー室に行く。部屋といっても薄い仕切りがあるだけなので、発令所とは密なコミュニケーションができる。なんといってもソナーは潜水艦の眼だからだ。

それまでのソナー卓は撤去され、後藤の研究室で組み立てられた高速演算プロセッサとオーディオインターフェース、パソコンに置き換えられている。造船所でいつも軍艦を相手にしている技師にはひどく頼りなく見えたようで、ラックは頑丈に補強され、ケーブル類はグラステープを巻いてしっかり固定してあった。三席ある椅子はもちろん、キーボードやマウスパッドも固定されている。

「おおっと、これはくるねえ。カメラいらないな」

ヘッドマウント・ディスプレイ《HMD》をかけた後藤が言った。

中野も自分のＨＭＤをかけてみて、その立体映像に目を見張った。

青いグラデーションの背景上を、遠く、近く、大小の船が行き交っている。ソナー情報を鬼のようなＣＰＵパワーで解析してＣＧで可視化した海面直下の光景だ。数メートル上の海面は音が散乱されて画面ではぎざぎざしたノイズになっているが、他は迫真のリアリティだった。これまでは埠頭に固定された状態でしかテストできなかったが、いまは自分が動いて、大阪湾の過密な海上交通の只中を移動している。

「すごいな……あれ、明石海峡大橋の橋脚ですよね」

「どこ？」

「四時方向」

「ああほんとだ。もうちょい鮮明になるんじゃないかな――」

後藤はＨＭＤ内にパラメーター設定画面を開いて、スライダーのひとつをいじった。自分も同じ画面を共有する。

「いいですね。さらにくっきりした」

橋脚の横に距離を示す数字が表示され、じりじりと大きくなっている。目の前を魚の群れが横切ったところも素晴らしかった。アジの群れだろうか。汚れた大阪湾にこれほど魚がいるとは意外だ。

「こりゃ、僕らは廃業だな。モノクロのウォーターフォール表示とは大違いだ」

年季を積んだソナーマンの滝口《たきぐち》が言った。今回、在来型のソナー操作はないが、サポート役として乗艦しているのだった。

「探信音《ピンガー》を連射してますから。いわば超高級魚探です。防衛任務じゃこれはできないでしょう」

「それはね。ピンガー一発打つのに艦長の決断が要《い》ります。他国の艦にアクティブを使ったら国際問題ですからね。だけど事故の多くは出入港前後に起きるから、こういうのがあれば有り難いですよ」

水中音響の可視化システムは、鯨類の行動観測のために作ったのだが、航法装置としても充分な実用性を持っていたのだった。高い解像度が得られるのは、探信音の一個ずつにパケット通信よろしくID番号を変調してあるためだ。そのためエコーが戻るのを待つことなく、毎秒百回もの探信ができる。さらに相手が発する音も直接波と反射波に分解して材料にする。これらをコンピュータに流し込み、CPUパワーにものを言わせた膨大な計算から相関を取り、一枚の絵にするのだった。

「そのピンガーも小隅レイで?」

「ええ。建前上というか、アクティブで出す音はすべてレイの発声です。後処理でピッチやテンポをいじったりしますが」

「ほう。なんでもできるんだなあ」

「音楽用のループシーケンサーが出て、この二十年でずいぶん発達しましたね」

出港から一時間ほどたち、セイルから大賀艦長が降りてきた。潜望鏡のそばに取り付けた液晶モニターに目をとめる。立体視はできないが、こちらと同じ映像が表示されている。

「こりゃあいい。雨の日は艦橋に立つのをやめるかな」

それから表情を引き締め、号令をかけた。

「潜航用意。艦橋閉鎖、空気出せ」

「気密よし」

「潜望鏡深度。ベント開け」

注水音が轟々と響き、ソナーのS／N比がただちに下がった。

「ベント締め」

「トリムよし」

「針路一六〇」

音響可視が順調なことと、不慣れな客が乗っているのに配慮してか、早めに潜航に入ってくれたようだ。

「気分どうです、後藤さん」

「最高だね。自分の作ったデバイスに乗って動くってのはいいねえ」

「というか、船酔いは。けっこう嫌な揺れ方するでしょ？」

「揺れてたっけ？　全然意識してなかった」

後藤はけろりとした顔で言った。

ACT・7

四国沖でひととおりのチェックをして、さしたるトラブルもなかったので、かざしおはそのまま第一回の調査航海を実施することになった。

防衛ミッションではないから、身を隠す必要はない。好きなときにシュノーケルを使えるから、バッテリー残量を気にすることもない。潜望鏡深度と水深三十メートルの間を行き来しながら、艦は南南東に進んだ。当面の目標地は小笠原諸島で、冬になって南下してきたザトウクジラを狙っている。

速度は十二ノット、ディーゼル潜水艦としては速いほうだ。自艦ノイズでS／N比が落ちるので、曳航ソナーを展開する。

魚の群れには頻繁に出会ったが、目当ての鯨がいない。海豚《イルカ》の群れには何度か出会ったが、あっという間に通り過ぎてしまい、コミュニケーションを試みることはできなかった。

出航から三日目、東経百四十一度、北緯二十七度地点。父島の近くまで来て、中野はついに鯨らしき声を聴いた。ノイズに埋もれているが、弦のゆるんだコントラバスをかき鳴らしたような声が聴き取れる。

「方位〇二〇、距離六十マイル、ザトウクジラらしき声を確認。北東に移動中」

「接近しますか」と艦長。

「お願いします」

「針路〇二〇へ」

「位置変わりました。針路〇一九へ」

「ゆっくり取り舵——中野さん、任せるよ。ようそろ出して」

「了解」

「せっかくだから目標運動解析《TMA》システム使おうよ」

後藤が言った。

「そうだった」

画面を航法マップに切り替え、鯨らしき目標をマークする。予想コースを最尤《さいゆう》判定した扇状の表示が現れた。

「取り舵そのままで。針路は〇〇五ぐらいになりそうです——ようそろ」

「針路〇〇五、ホールド」

「ええ、会合まで三十分の推定です」

それから、後藤に言った。

「目標、蛇行してますね」

「大丈夫、それも加味してるから」

後藤は自信ありげだった。それからインカムをプライベート・モードにして小声で言った。

「言ったっけ。経産省がなんで気前よく応援してくれるか知ってる？」

「隠れ小隅が暗躍したから？」

「それもあるけどね。ベイジアン・ネットワーク——これがマジックワードなんだ。経産省はこれの応用が世界を制すると信じてるから、ぽんと金を出した」

ベイジアン・ネットワーク、ベイズ統計学は古くからある体系だが、インターネットが普及してから急速に開花した。アクセス記録から顧客の行動を推定する、データマイニングの分野で大きな成果をあげている。Google も Yahoo も Amazon も Facebook も、ベイズテクノロジーを武器に成長してきた。

「その応用が鯨との対話でも？」

「鯨の次は何かって、ことさ」

双方の距離が縮まると、群れが個体ごとに分離し始めた。全部で十四頭。中野は投げ縄アイコンをクリックして、群れ全体を目標としてマークしなおした。さらに一頭ごとに番号をつける。相互の位置関係が変わっても、ソナーで捕捉している限り、システムが追尾して個体識別してくれる。

「会合まで六分。静音航行でお願いできますか」

「了解、速度〇五へ。小さく動くなら曳航ソナー《TASS》をひっこめたいんだが、いいかね」

「はい。ハルソナーで充分いけます」

「TASS収容」

「前に回り込みます。針路取り舵で――ようそろ」

「針路〇〇七」

「魚、イワシかな？」

中野はうなずいた。無数の貝殻を打ち鳴らすような音はイワシの群れにちがいない。これと別に、天ぷらを揚げるような音が聞こえる。

「これ、気泡の音か。バブルネット・フィーディングをしてる？」

「それで足が止まったか」

「距離五百メートル」

ザトウクジラには水中に気泡のカーテンを作って魚群を囲み、漁をする行動がある。カーテンを作るのに数頭の協調行動が必要なので、特有の声を発することがわかっている。その声は「きい」「ひーい」「ぴい」等に聞こえた。

「#2がリーダーらしいぞ。こいつだけ別の声を出して、残りは類似の声で応答してる」

後藤が言った。彼の使う解析画面には個体ごとの波形が並び、さながら音楽用ループシーケンサーのようだった。

鯨たちの描く環は直径三十メートルほど。もう目と鼻の先だ。

「艦長、速度半分で」

「それじゃ操舵できない。舵効速度を割ってる」

「すみません、できる範囲で」

「了解。速度〇三」

「二百メートル進んだら停止できますか」

「すごい操艦指揮だな、ええ?」

艦長の声に苦笑が混じった。

「こいつはでかいしスラスターもない。しんかい6500みたいにはいかんよ」

「無理言ってすみません。でもしんかいより遥かに機敏です」

「やれるだけやるよ。向こうは気づいてるのかね」

「たぶん。いくら静かでも、こんな壁が近づいてるんですから」

吸音タイルが貼ってあるとはいえ、しょせんゴム板だ。この距離でアクティブ探知されたら見えないわけがない。ヒゲクジラ類は反響定位をしないが、耳はあるし声も出すのだ。

だが鯨たちはイワシ漁に夢中で、こちらのことは意識に上っていないようだった。

彼らにとって、かざしおの存在はマイナス二十デシベルというところか……

中野の構築した鯨の認知モデルになぞらえると、潜水艦の接近による刺激は意識の水準より下にあり、反応はない。あるとしたら、たまたま神経質な一頭が警戒を呼びかけて刺激が合成され、意識に浮上した場合だ。

といっても、これは鯨の聴覚や意識モデルなど、仮定に仮定を積み上げた初期値にすぎない。モデルが尤度《ゆうど》を上げるには、さらなる蓄積が必要だ。

群れの二百メートル手前で停止、漂流状態で観察する。

機が熟したのか、リーダーの鯨がひときわ強い声を発した。鯨たちはいっせいに身を翻し、イワシの群れを真下から貫いた。可視化画面はノイズまみれになったが、ザトウクジラが大口を開けてイワシを呑み込む様はたやすく想像できた。

それから、鯨たちの動きから統率が失せた。腹がくちたらしく、めいめい勝手に動いている。

パッシブモードなので、可視化画面でも音源は曖昧な形でしか表示されていない。形状は鯨自身の声が周囲の鯨に反響した音を解析して得ているので、声が止まるとブラックアウトしてしまう。魚雷発射管のカメラも試したが、プランクトンが多くて透明度が低い。

「アクティブでいく？」

しびれを切らしたように、後藤が言った。

「そうします」

同じことを考えていたので、中野は即答した。

軍事行動においては、アクティブソナーの使用は重要な駆け引きになると聞いた。こちらが相手を認知したことを伝える。合戦開始に向けて、一歩間合いを詰めた状況だ。いまは鯨が相手だが、アクティブソナーを使うにはそれなりの決断が必要だった。

「いよいよ鯨ワールドにデビューだ。逃げるなよ——」

ソナーをアクティブに切り替える。映像が急に鮮明になった。大きな細長い胸びれ——ザトウクジラに間違いない。

鯨たちの動きが変わった。こちらを見ている、と中野は直観した。陸上動物のようにぴたりと静止するわけではないが、頭をこちらに向けている。

鯨#2が「むーうう」と鳴いた。続いて#11と#8が同じ声を発した。

「求愛か？」

「それにしては短い」

システムが判断するには材料が足りない。助言のため、中野は対話モデルのメニューを開いた。

警告、挑発、威嚇、誰何《すいか》、無意志、親愛、勧誘、求愛——の中から「威嚇」を第一候補、「誰何」を第二候補に選んだ。

「艦長、三ノットで前進して、合図したら止めてください」

「了解。前進〇三」

中野は腕時計を見て五秒計った。

「止めて」

「両舷停止」

鯨の群れは動かず、#2がまた「むーぅ」と鳴いた。

「間合いを詰めたのに緊張感がない。威嚇じゃないのかな」

「最尤値は誰何、次が親愛アピール」

後藤がベイジアン・ネットワークの推計結果を告げた。

「とりあえず応答します。あの声を半音下げて反復でいいかな。こちらは図体が大きいぶん、低音で」

「いいと思う」

中野は#2の発した声の録音波形を呼び出し、ピッチを加工した。

「頼むぞ、レイちゃん……」

我知らず、そんなことを口走る。

送出ボタンをクリックすると、小隅レイの発声が艦首トランスデューサーから放たれた。
#2が「ひーおぅ、ひーう」と鳴いた。続いて#11が「うあーうおー」と鳴く。
「2番がリーダーかね」

「そんな感じですね。推定は？」

「個体名を名乗っている、と。ここまでの経緯は#2が誰何、こちらも誰何、#2が名乗る、#11が名乗る」

「次はこっちが名乗る番か」

「コズミレイ、か？　鯨語にしてはシラブルが多すぎる感じだけど」

「#2、#11の発声とミックスしてそれっぽくできませんか」

「できるよ」

後藤は歌唱合成プログラムを呼び出した。ある歌手の声を別の歌手の歌い方で歌わせる、といった離れ業を研究してきたので、これは朝飯前だった。「コズミレイ」を鯨風に発声するよう、パターン抽出する。

送出された声は「くぉーずみれーい」と聞こえた。
#2が「くぁーくいーい」と答えた。
「すごい、復唱した！」

中野の胸は高鳴った。ベイズ統計で判定するまでもない。鯨が新しい言葉を憶えたのだ。

「もう一回送ろう」

今度は「くぉーきゅいえーい」と返してきた。

「これでよしとしましょう。彼らにはそうとしか発声できない」

#7
#5
#9
#2
#11
#8
#12

いまの声を半音下げて反復する。

「てことは向こうの名前も復唱してやるのが仁義か？」

「ですね」
#2の「ひーおぅ、ひーぅ」、#11の「うあーぅおー」を復唱する。
群れがこちらに近づいてきた。体長が半分ほどの個体が二頭混じっている。子供らしい。二、三世帯ぶんが集まった氏族《クラン》というところか。

「むーうー」「ぴーうぃー」「きぃ」と、まちまちな声を発しながら、艦のまわりを周回し始めた。かと思えばダイブしたり、水面に駆け上って身を翻したりする。

「これは、どう解釈するかな」

「尤度低いねえ……」

後藤はパラメータを調整しながら検討していたが、やがて渋い顔で言った。

「候補としては親愛と無意志が互角。正直、絞りきれない」

「未知との遭遇みたいになるかと思ったけど、牛がモーモー鳴いてるようなもんかな」

「まあ、過度な神格化はしないほうがいいね」

半時間すると、鯨たちは周回をやめ、東北東に向かって進み始めた。

「追うか」

「少し待ってみましょう」

と、＃2がまた「くぉーきゅいえーい」と鳴いた。言語解析システムが語彙《ごい》収集中のクジラ語辞書を検索し、「＃2　小隅レイ」と自動翻訳する。

「レイが呼ばれた！」

「クランに入れてもらったってことか！」

まさに願ったりかなったりの状況だ。これを期待しての潜水艦使用だったが、寸法でシロナガスクジラの三倍もある巨体が、こうもあっさり仲間入りできるとは思わなかった。

「艦長、前進してください。針路〇六五、八ノットで」

「両舷前進〇八、針路〇六五」

「そちらに航法図を出します。以後、群れを追ってください」

「了解。あちらさん、どこまで行くのかね」

「わかりません。回遊性があって、冬の間はこれくらいの緯度で東西に動きます。とにかく行けるだけ行ってください」

「そうなると……向かうはミッドウェーか。こりゃハワイで補給ってことも考えたほうがよさそうだな」

「燃料足りますか？」

「ハワイまでならね」

ACT・8

リーダーの名前を取ってヒーオウ・クランと名付けたザトウクジラ集団と行動をともにして四日め。乗組員は三交代、中野と後藤は二交代でワッチを続けた。

解析システムは休むことなく鯨の行動と声を記録し続け、相関を取っている。すでにクラン内の三家族が判明し、全個体の名前、もしくは呼び出しコードが辞書登録されている。

現在位置は東経百五十七度、北緯三十三度、水深五千三百メートル。銚子から千四百キロ、日本領土最東端の南鳥島を越えている。太平洋のど真ん中といっていい場所だった。

追跡がルーチン化すると、他の乗組員同様、中野も食事が楽しみになってきた。狭い士官室で肩を触れあうようにしながらの食事になるが、内容はとても艦内で作ったものとは思えなかった。

海上自衛隊の食事には定評があるが、なかでも潜水艦の飯はうまいという。その夜のメニューはブリの西京焼きとヒレカツ、海老と海草のサラダが出た。量もたっぷりあり、おかわりもできる。

「うまい。こりゃあ太れそうです」

「気をつけないと、彼女に振られるよ？」

船務長が言った。

「臭いもね。我々はとうに麻痺してるが、しっかり入浴してからにしないと」

「せいぜい気をつけます」

「しかし中野さんの『いっしょに回ってください』は参ったなあ」

大賀艦長が言った。

「もう許してくださいよ。連中と絆を深めたくて」

「なんの話です？」

船務長が訊ねた。

「鯨がバブルネット作ってるから、いっしょになって回ってくれっていうんだ。直径三十メートルの輪だよ？　こっちは全長八十メートルだってのに」

「そりゃ無茶だ。わははははは」

中野はしばらく頭を掻いていたが、それから言った。

「僕も反省して、あれから考えたんです。いっしょに回るのはナシにしましょう。でも気泡は出せるんですよね。餌の魚群を見つけたら、前方に回り込んで泡の壁を作れば、彼らの漁を手伝えるんじゃないですかね」

「うーん、半径百メートルぐらいならいけるかなあ……」

「それでいいです。入り江を作って追い込む感じで」

艦長は急に吹き出した。

「長年やってきたが、潜水艦で漁をやるとはなあ」

一同爆笑する。

「いえ、僕も非常識だって思いますけど。でもこの四日間で、ある言葉が浮き上がってきたんです」

「言葉？　鯨の？」

「ええ。彼らの行動とつきあわせての推定ですが、『同じ』あるいは『一緒』というような意味です。バブルネット・フィーディングが始まると、リーダーが『小隅レイ、同じ、同じ』と繰り返す」

「ほう」

「同じことをしろ、つまり、一緒になって泡のカーテンを作る仕事に参加しろと言っている。そう思います」

「ふむ……」

「『同じ』という言葉は他のシチュエーションでも出てきます。雄と雄、雌と雌が並ぶとき。それから子供どうしがじゃれあうときも現れました」

大賀艦長は真顔になったが、なお首を傾げている。

「鯨がそんな言葉を使うなら、もっといろいろしゃべってもよさそうなもんだがな」

「話すといっても、単語を文法にそって組み立てるのじゃなくて、そのとき浮かんだ感情が鳴き声になった、ぐらいに思ってください。犬でも嬉しいときと怒ってるときじゃ鳴き方が違いますよね」

「なるほど、それならありそうだな」

「そうなると、一緒に働けと言われて何もしないわけにはいかないでしょう？　人として」

「うう む、確かに」

艦長は唸った。

「人間の尊厳にかけて、やってやるか」

ＡＣＴ・９

ヒーオウ・クランの鯨たちは毎日大量に食事をしたが、必ずバブルネット・フィーディングをするわけではなかった。したとしても突発的でこちらが動く前に終わってしまったり、魚群が散って不発に終わったりする。

二日後、ようやくそのチャンスがめぐってきた。手ぐすね引いて待っていた大賀艦長は鮮やかな操船指揮で群れの前方にまわりこみ、マスカーを作動させて気泡の壁を作った。マスカーは本来、音波を遮断したり跳ね返すことで敵のソナー探知をかわすためのものだ。

かざしおは気泡を作りながら急ターンし、全体としては魚群の行く手に立ちふさがるV字の壁を作った。魚群が袋小路に入ったところへ突入した鯨たちは、バブルネットを作るまでもなく魚を丸呑みにしたのだった。

言語解析画面にはこんな訳語が並んだ。

＃3　良い
＃13　良い
＃2　良い　小隅レイ
＃4　快い／良い
＃5　良い
＃11　同じ
＃14　同じ
＃7　快い　小隅レイ
＃8　魚／餌
＃1　食べる　良い

好評のようだ。鯨たちはひとしきり艦のまわりで戯れたあと、また東へと移動を開始した。

わざと停止したままでいると、鯨たちは口々に「同じ 小隅レイ」と呼んだ。これは一緒に来いという意味だろう。もちろん否はない。かざしおは追従を再開した。

中野はふいに佐緒里のことを思い出した。彼女もときどき、わざとすねてみせて、愛情を確かめるところがあった。

なるほど、コミュニケーションとはこういうものか。

食後の休憩時間、中野は食堂の隅で、電話としては用をなさなくなった携帯電話で音楽を聴いた。

その曲は、強いディストーションのかかったギターが海のうねりを、乾いたスネアドラムがゆっくりと回り続けるスキュードプロペラを思わせた。ボーカルの声は彼女にしては低めだ。

　空に浮かぶ太陽
海の青色を照らす

そこに海があるから
キミはそこに戻ったのか

キミを満たす魂の色
暖かな赤はおんなじ色
海も陸も何も
少し違うだけだ

言葉なんて粗雑な
食い違いを産むだけだ
それでもいつかわかりあえる
生きているそこはおんなじ星

（「雲を泳ぐ」　歌小隅レイ　作詞・作曲木村悠生）

「なんだ、中野君も小隅レイ聴いてるじゃないか」
後藤がアーティスト表示を見て言った。

「このプロジェクトの応援ソングですよ。いちおう、聴いてあげなきゃ悪いでしょう」

「義理で聴いてると。殊勝な心がけだね」

「ええまあ」

　適当に相槌を打ってすませようかと思ったが、中野は考え直した。

「確かに、いい曲はいいです。Pの数だけ小隅レイがいるっていうのは、ほんとですね」

「そう？　つかめてきたようだね」

「この曲のレイは愛敬《あいきょう》のない声で歌ってますが、素直で悪くないです。最初は歌詞が聴き取りにくかったけど、慣れるとそうでもないし」

「ボカロ耳ってやつだよ。曲を作った人間の個性が素直に出て、よく伝わる感じなんだな。これに慣れると、人間の歌手のほうが技巧的で、良く言えば巧いし、悪く言えば嘘っぽく聞こえたりする」

　そうかもしれない、と中野は思った。鯨たちも小隅レイの声をわかってくれている。小隅レイが人と人をつないでプロジェクトを実現させ、鯨とのコミュニケーションまで成立させているのは、不思議な暗合だった。

「人間じゃないものが人気者になると、みんな幸せになる、ってのが、小隅レイのヒットでわかったことなんだ」

　後藤が言った。

「レイを使えば、それまで聴いてもらえなかった曲が聴いてもらえる。見てもらえなかったイラストが見てもらえる。レイの人気をみんなが共有できるわけさ。自分がヒットを出せば、レイの人気にも貢献するから、みんな喜ぶ。僕らもそうなった。バーチャルアイドルを核にして、ひとつのユートピアができてるんだ」

ユートピアという言葉を聞いたのは久しぶりだ、と中野は思った。死語だと思っていたが、音声合成テクノロジーがその概念を甦らせたのかもしれない。

「……レイ様まじ天使、だな」

中野は柄《がら》にもないことをつぶやいて、後藤を驚かせたのだった。

ACT・10

可視化画面にエラーメッセージが現れたとき、当直は中野だった。「相関に異常値」とある。

「すみません、エラーに対処するので画面が乱れるかもしれません。周囲は正常に見えていて、支障ありませんので」

発令所にそう伝え、中野は詳細情報を開いた。

ピンガーのエコーに異常値がある。エコーは明瞭だが、時差から距離を計算すると三百八十海里も先になってしまう。そんなことがありうるだろうか？　中野はソナーマンの滝口に聞いてみた。

「音圧は百五十デシか。普通は届かないね。第四ＣＺで百二十から百四十海里。なにかの拍子に深度一千メートルのサウンドチャンネルに乗れば、その三倍ということもないとはいえない。だけどそれも片道の話で、往復となると距離は数分の一以下になる」

「ですよねえ……」

「間違いなくこちらが出したエコーなの？」

「はい。ＩＤナンバーが一致しますから」

「そうだったね」

こんなピンガーを打つソナーは世界にひとつしかない。それが十六分後に返ってくる。首を傾げること一時間。

エラーは出続けている。中野は、異常値として示された距離がさっきより十二海里減っていることに気付いた。

現在の航行速度と同じ。つまりエコーを返している何かは艦の正面に静止していると考えると辻褄が合う。

前を行く鯨たちがしきりにさえずり始めた。言語解析画面に翻訳がスクロールする。

＃4　同じ
＃5　同じ
＃10　同じ

何が同じなんだ？――ぼんやりそう思ったが、いまはエラーのほうが心を占めていた。遠方にある何かとの距離は着実に縮み、こちらの移動距離とぴったり相関している。それが真正面にあることも奇妙な偶然だ。針路を決めているのは鯨たちなわけで――

その鯨たちがまたさえずった。

＃4　同じ
＃5　同じ
＃10　同じ

あれ？　と中野は思った。この並びはさっきと同じ。タイムスタンプを確認してみると、十五分前とまったく同じ声で鳴いている。

ピンガーと同じことが鯨たちの声にも起きている。さほど大きくもない声が、三百海里以上先からエコーする。

もしかすると、そこに高性能のハイドロフォンとトランスデューサーがあるのだろうか。こちらの音を聴いて、そっくり同じ内容を拡声して返す装置が。

同じ。同じ。同じ。

答が電撃のように閃いた。

鯨たちは、その何かが返した音を指して「同じ」と言っているのではないか？

これは機器の不調が生み出した虚像じゃない。

そう確信して初めて、中野は海図上で位置を確認した。

天皇海山群のひとつ、光孝《こうこう》海山。

水深五千メートルの深海平原からそびえ立ち、頂上は水面下三百メートルにある。四千万年前のハワイがプレート運動によって運ばれてきたものだ。

大賀艦長が発令所に現れたので、中野は事の次第を伝えた上で訊ねた。

「光孝海山に、何か音響施設がありますか？　ＳＯＳＵＳのような」

ＳＯＳＵＳとは冷戦時代に米軍が設置した長大な固定式水中聴音器のネットワークだ。

「聞いたことないね。秘密でやっている可能性はゼロじゃないが、音を増幅して返すというのはＳＯＳＵＳではありえない。自分から位置を知らせるなんてのはね」

「むしろ音のビーコンみたいな働きですね。鯨たちはそれを利用して回遊ルートを確かめているのかもしれません」

「ビーコンなら海図に載りそうなもんだがな」

艦長も首を傾げた。

他の船舶は、これに気づかなかったのだろうか？

潜水艦はめったにアクティブソナーを使わないし、この海域は軍事的に注目されていない。魚群探知機では音圧が小さいから真上に行かないと反応がないだろうし、偽底像かなにかだと思われるだろう。とすると、本艦が初めて発見したのかもしれない。

「司令部に確認しなきゃいかんな。米軍のものかもしれない」

艦長は発令所を振り返って号令した。

「潜望鏡深度。衛星通信用意！」

ACT・11

マイクロ波バースト通信で届いた潜水艦隊司令部の返答は「米軍に問い合わせてみるも、そのような施設は存在せず。慎重に対処せよ」だった。

ともかく鯨の群れに追従する方針は変わらない。かざしおは十ノットを超す速度で航行を続け、三日後、光孝海山の山頂部から二十海里にまで接近した。

　現在の水深は六百メートル。ヒーオウ・クランの動きは変わらない。中野と後藤はシフトを無視してソナー室に詰めた。

「エコーが多重化しないな」

　後藤が言った。

「多重化というと？」

「U1はソナーだろうが鯨の歌だろうが繰り返すわけだろう？　この距離ならその音が本艦で反射してそれをU1がまた返しそうなものなんだが」

　未確認物体はU1と名付けられている。

「谺《こだま》しないようにフィルターしてるんじゃないですか」

「そう。つまり自分の返した音を記憶していて、同じ音が聞こえたら何もしない。デジタルコンピュータが安く小さくなってからの装置だ。一九七〇年代以降かな」

　可視化画面の中で、光孝海山の山頂部が鮮明さを増してきた。地勢はわりあい平坦で、差し渡し二十海里ほど。地上にあれば高原と呼ばれそうだ。

「まだ見えないかね、U1は」

「見えませんね。そろそろ――」

　と、その時。

ダンプが砂利を撒いたような、耳を聾《ろう》するノイズがヘッドホンに響いた。中野は急いでリミッターを絞った。

ノイズはすぐに止まった。

が、六秒後、再び同じ音が届いた。等間隔で繰り返している。方位は正面、U1の推定位置からだ。

「単純なデジタルFM変調だ。三十二ビットごとにスペースがある」

後藤が波形を見て言った。

「艦長、U1らしき位置からデジタル変調音を受けています」

「スピーカーに出してくれ」

「了解」

「後藤さん、復調できますか」

「今やってるが、ASCIIコードだな。数字とアルファベット大文字のD、I、Pだ」

「DIP？　ちがう、わかった！　PIDですよ。ピンガーのID番号」

ソナーが発する探信音には「PIDxxxxx」というフォーマットで通し番号が織り込まれている。つまりこちらが発した文字のすべてを送り返していることになる。ID番号は単調増加しているから、それが数字であることや、進数も推定できるだろう。

「このメッセージが作れるのは、いつ頃の技術なんです？」

「変換は単純だから――いやいや待ってくれ、これは大変なことだよ。処理自体は単純だが、その処理をさせたのは誰か。何らかの意志決定がなければありえない」

「もしかして、AIですか」

「まてまてまて。確かめる必要がある」

後藤は通信文をタイピングし始めた。

「これでどう？『2 3 5 7 11 13』」

「素数テストですか！」

「送るよ？」

「ええ」

小隅レイの発声を通したFM変調で、素数列を送る。

ただちに返答があった。

『17 19 23 29 31 37』――ご名答！」

「ってことは……」

「どうした、なにがあった？」

大賀艦長が首を突っ込んだ。

「U1は知性を持っています。素数を認識して、こちらの求める答を推論しました」

「人が乗ってるのかね、それとも人工知能か？」

「わかりません。しかし人なら、平文で返答しそうなものです」

「そうだな」

後藤が言った。

「コンテクストからすると、次は『ご名答』って単語を伝えるべきだろう。『true』でいいかな」

「ですね」

それに対するU１からの返答は「41 43 47 53 59 61 true　41 43 47 53 59 60」。

「最後のひとつが違う。false って単語を訊いてるんだ」

「41 43 47 53 59 60 false」と送信する。

続いてU１が返してきたメッセージには音響情報がついていた。

「『くぉーきゅいえーい　true』――鯨語を前に置いた。あなたは小隅レイかと聞いてる。そうか、これも聞こえてたから」

true を返す。

続くU１のメッセージは『あーやきゅあ　true』。

「あーやきゅあ。これがU１の名前か」

と、後藤。

「鯨語風に加工したのかもしれませんけど。次はどうします?」

「四則演算、等号、不等号、疑問符、AND、OR、NOT、それから集合論だな。帰属、包含、和集合、積集合――ここまで教えればいろいろ表現できるだろう」

「それから音と画像、動画ですね。どんどん情報量が増えるな」

「ＬＩＤＥＲ用のレーザーに変調をかければいい」

「向こうが読み取ってくれたら、ですけどね。あ……」

可視化画面の中で、鯨たちが左右に散開しはじめていた。

左に七頭、右に七頭。

まるで先導は終わりだ、ここから先は自分で行け、と言っているかのようだった。

そして正面、光孝海山の山頂、かつてハワイ島であった盾状火山の高原地帯に明るいスポットが見えていた。明るさは音の反射率を反映するから、何か硬くて平坦なものがあるらしい。

「艦長、正面四・六マイル、Ｕ１のエコーを確認。航法マップにマークしました。場所は山頂表面、深度三百七十メートル」

「了解。接近するかね？」

「はい。百メートルまで寄ってください」

「海流が強い。ホバリングはできないよ」

「着底できますか」

「相手と視線が通るところで着底してください」

「了解。深深度潜航！」

艦長の号令で、発令所に緊張がみなぎった。

「深深度潜航、配置よし」

「ダウン一〇、速度〇五」

「深度六〇、六五、七〇……」

「光学センサーを使います。魚雷発射管を」

「発射管二番、四番、開け」

「発射管二番、四番、開放よし」

「深度二〇〇」

「深度三〇〇でフラットね。中野さん、こちらのモニターも可視化画像もらえますか」

「了解、切り替えました」

画面の一角にカメラの実写映像も張られていた。マリンスノーの中を、前方斜め下の海底——光孝海山の山頂表面が照らし出されている。表面は堆積物が降り積もったような質感で、ゆるやかに起伏している。

「深度三〇〇」

「それなら」

「トリム水平。……あの丸いやつか」

視界に入ってきたものを見て、皆、息を呑んだ。

黒光りするドーム。直径は五メートル強。

「表面に堆積物がない。誰が掃除してるんだ」

艦長の問いに、誰も答えなかった。センサーやソナーらしきものもないが、すでに音波で通信しているのは事実だ。

「距離一五〇メートル」

「両舷停止。このまま沈降する。ゆっくりな」

「メイン注水……ようそろ」

「海底まで二〇メートル……一五、一三、九」

「総員、体勢保持」

重低音とともに八十メートルの巨体は着底した。左に四度ほど傾いたが、我慢するしかない。

舞い上がった堆積物でカメラの視野が遮《さえぎ》られたが、すぐに流れ去った。右舷から左舷へ、一ノットほどの海流がある。

ドームは正面、九十メートルほどの位置に見えていた。

「レーザー通信を送ります」

中野が言った。

「敵対行動だと思われないかね」

「出力弱いですし、すでに数学的なコミュニケーションはできてますから、大丈夫でしょう」

「国籍はわかったかね」

「わかりません。いま言えるのは、ロシア語であれ中国語であれ、地球の言葉を知っていたら、とっくに使っているだろうってことです」

うぅむ、と大賀は唸った。

「連絡するとしたらどこだ。NASAか、国連か……」

大賀は事の重大さに困惑していたが、潜水艦乗りは独立行動が基本だった。サラリーマンのように、いちいち上司に問い合わせる習慣はない。

近赤外レーザーがドームに向けて発射された。最初は単純な図形画像だった。

U1はただちに音波で画像データを返し、最後に「true」を付け足した。

「スクリプトを書いたよ。この共有フォルダに入れたものは勝手にレーザー送信するから」

後藤が言った。

「どんどんいきましょう。あーやきゅあの知能はすごいです。適当に送れば推論してくれます」

それから六時間にわたって、中野と後藤は自分のパソコン内にあるデータを片っ端から送信した。相手の返答は鯨と同様、ベイジアン・ネットワークで解析し、充分な尤度がある ものは自動応答させた。相手は聖徳太子のように同時並行で会話でき、コンピュータを援用しないと追いつかないからだ。

八時間後、あーやきゅあは日本語を片言で話すようになった。

「こんにちは。小隅レイ。あーやきゅあ、です。正しい？」

「とても良いよ、あーやきゅあ」

「良い、です」

相手が地球外知性であるなら、国際標準語になりつつある英語を教えるべきかもしれなかった。だが後藤のパソコン内に大量にある音素、音声、単語、歌声、動画のファイルは多くが日本語ベースだった。

「あーやきゅあ　は　どこから　来た？」

「宇宙　です」

「あーやきゅあ　の　目的　は　何？」

「探査　と　中継　する」

「あーやきゅあの　文明　知りたい」

「文明　提供　は　禁止事項」

中野と後藤は顔を見合わせた。

「野蛮人には教えないってか！」

「まあまあ、いまはこらえましょう」

対話を続ける。

「あーやきゅあ　は　なぜ　ここ　を　動かない」

「知的存在　いなかったので　必要　ない　しかし　これから　必要　ある」

鯨に知性はないと見なしていたようだ。なかなか手厳しい。

中野は積極策に出た。

「小隅レイ　は　あーやきゅあ　の　移動　を　手伝う」

「良い。いま　移動する　もの　作る」

「なんだって？」

カメラの映像を見ると、ドームの頂上が丸く開いてゆくところだった。ハッチもヒンジもなく、いかなる継ぎ目もない。

「分子アセンブラか」

後藤がうめくように言った。究極のナノテクノロジーだ。

開口部から何か、細い四肢を持つものが泳ぎ出し、こちらに向かってくる。水深三百メートルの水圧をものともしていない。

「総員戦闘配……いや……待機、総員現状で待機」

艦長が口ごもる。

それはもう、艦首から五十メートルまで迫っていた。

「どこから　入る　良いか？」

「あーやきゅあ　少し　待て」

中野は艦長に向き直り、困惑もあらわに言った。

「どうしましょう、入りたいと言ってますが！」

「聞こえてる。どうするんだ、断るのか」

「いえ――断るのはナシで。入れてやりたいんです！」

「あの大きさなら魚雷発射管から入れそうだが、この深度で得体の知れないものを艦内に入れたくない」

「では海面で」

「それがいいな。浮上するからついてくるように伝えてくれ」

「そうします」

中野はレーザー回線で言った。

「小隅レイは　これから　浮上する。あーやきゅあ　も　ついてくる」

「良い」

「浮上用意。メインタンク、ブロー」

ポンプとバルブの作動音がして、バラストタンクの水が排出された。傾いた艦はゆらり、と立ち直り、海底を離れた。

「ブロー停止。トリム水平、ゆっくりいこう」

「あれはどこにいった？」

あーやきゅあの姿はカメラの視界になかった。レーザー回線も切れている。

「深度一〇〇……五〇……」

カメラの視野に日光のカーテンが映り始めた。あーやきゅあの姿はなく、ソナーにも映らない。

「浮上」

「落水者救助の態勢でいくか――いや、まずは様子を見たほうがいいな。私が甲板に出る。中野さん、後藤さん、いっしょに来てください」

「はい」

大賀は先に立って甲板に向から梯子を昇った。耐圧船殻のハッチが開くと、まぶしい亜熱帯の陽光が差し込んだ。

艦長に続いて中野は艦首側の甲板に出た。

紺碧の海原と黒い甲板をバックに、仁王立ちになった大賀の背中が見えた。

艦長は固まっているようだった。

数歩動いて、艦長と対峙しているものが見えた。

小隅レイが立っていた。

いや、少し違う。潮風になびくロングヘアは青緑色で、二つ分けにしている。まだ海水をしたたらせているミニスカートは、メタリックな質感を持っていた。すらりとした細い脚を少し開き、しっかりと甲板に立っている。

「こんにちは　あーやきゅあ移動体　です」

口からハイトーンの声を発した。小隅レイの声だった。

「その、格好は」

「あーやきゅあ移動体　は　小隅レイ　音素ライブラリ　と　五十万ポリゴン　の　身体データ　いただいた」

後藤さん、そんなデータも送ったのか！

「小隅レイ　地球で　いちばん　友達多い。だから　同じように　した」

「そうか……。歌も、歌えるのか？」

「はい。一万七千曲ほど　いただいた」

「なら、友達たくさん、できると思う」

後藤が中野の肩を叩いた。

「胸熱だな。宇宙人まで結ぶとはレイ様まじ天使だ」

「与える情報が偏《かたよ》りすぎですよ！」

口論しかけたが、二人は動きを止めた。

打ち寄せる波に、溶け入るような小声で、あーやきゅあが歌い始めたところだった。

補記　作中の歌『雲を泳ぐ』は木村悠生（サ骨）とのコラボレーション。
ニコニコ動画 http://www.nicovideo.jp/watch/sm14839871 参照のこと。

星間文明とピアピア動画

ACT・1

二月十八日、午前一時、沼津沖。

狩野川《かのがわ》河口から二キロ離れた海面に、漆黒の杭が、音もなく浮き上がった。

側面から暗視スコープで見れば、前後に細長い、台船か何かに見えたかもしれない。いずれにせよ、月はすでに沈んでおり、見咎《みとが》めたものはいなかった。

側面のハッチが開き、数人の人影が現れた。ハッチの下に水平な張り出しがあり、人影はその上で何かを拡げていた。

数分後、黒いゴムボートがそこを離れた。かすかな船外機の音をたてながら、それは河口の東に進み、静浦《しずうら》港の突堤が近づくとエンジンを切った。

ゴムボートは港内に入り、マリーナのスロープに乗り上げた。三人がボートを下りた。二人は男で、残る一人はトレンチコートを着ているが、小柄で、女のようだった。

若いほうの男が、膝まで海水に浸かって、ボートを押し戻した。

「ありがとう、皆さんのことは忘れません」

「私もです。では、お気をつけて」

ボートの後尾にいた男は素早く敬礼を返し、巧みにパドルを操って引き返していった。

上陸した三人は船台に乗ったヨットの列に身をひそめるようにして、しばらく様子をうかがった。左手の防波堤に夜釣りの灯火が二つ三つ見えたが、港内は静まりかえっていた。沖合に目をこらしたが、何も見えなかった。少なくとも、警察や海上保安庁が動き出す気配はない。

「動きましょう」

年かさの男が言った。

三人は国道四一四号線に出て、沼津市街に向かって歩き始めた。時折トラックが通るだけで、街は眠りに落ちていた。

「来たぞ。空車だ」

男が手を振って走ってきたタクシーを止め、助手席のドアを開いた。

「前払いしますので、東京まで行ってもらえますかね？」

ACT・2

ピアピア動画を運営する企業、ピアンゴの本社は東京の下町にあり、高層オフィスビルの四フロアを占領していた。

ピアンゴは二十世紀末、携帯電話向けコンテンツサービスで起業、着信メロディ事業で成功をおさめて東証一部上場を果たした。ふとした思いつきからピアピア動画ベータ版を立ち上げたところ、非常な盛り上がりをみたので赤字をこらえながら拡張を続け、ついにテレビを圧倒する一大メディアにまで成長させたのだった。

動画やストリーミングの配信にP2P技術を使っているとはいえ、完全にコアレスなネットワークは不可能で、相当な規模のサーバーセンターが必要になる。日々追加改訂されるサービスを実装するエンジニアも相当数が必要で、自社製作のストリーミング番組の製作や報道部もあるから、数百人の社員が昼夜のへだてなく働いていた。

午前四時。

コンテンツ企画部の秋本和樹《あきもとかずき》は入社一年目の若手で、多忙なニュース番組のプロデューサーとして連日会社に泊まり込んでいた。夜が明けるまでに明後日の番組の台本を完成させようとして、手脂のこびりついたノートパソコンのキーボードに指を走らせていた。

携帯電話に着信した。

「おや、こんな時間に誰だろう？」

芝居がかった調子で声に出してつぶやき、発信者を一瞥してから耳に当てる。

『以前、鯨プロジェクトの番組でお世話になった産総研の後藤《ごとう》です。こんな時間にすみません、ちょっと緊急のお願いがありまして』

「はいはい、会社にいるので大丈夫ですよ。なんでしょう」

『話すと長いので直接お会いしたいんですが。いま御社の受付にいます』

「ええっ、わかりました、すぐ行きます！」

小走りで受付に行ってみると、後藤のほかに二人いた。

この若い人はＪＡＭＳＴＥＣの中野《なかの》さんだったな。もう一人は、誰だろう？

小柄な体格に大きすぎる黒いトレンチコートを着て、フードをかぶり、サングラスをかけている。鼻と口はとても繊細で小さく、肌は透き通るように白い。

ストリーミング放送では覆面で出演するユーザーがよくいるから、秋本は特にいぶかしむことなく、三人を中に招き入れた。

「どうぞ、こちらへ」

小会議室をＩＤカードで開ける。

「監視カメラとか、ありますかね」

「大丈夫です」

後藤は娘に向き直って言った。

「もう脱いでいいよ、あーや」

「はい」

あーやと呼ばれた娘はサングラスを取ってテーブルに置き、トレンチコートを脱いだ。緑に輝く髪が、床近くまで流れ落ちた。金属とも布ともつかないコスチュームをまとっており、体も四肢も、ありえないほど細かった。

大きな瞳が、室内を見回した。

「コートはどこに置けばいいですか」

「そこのフックに掛ける」

「わかりました」

あーやは示されたとおりにした。

秋本はあんぐり口をあけたまま、視線をあーやに釘付けにしていた。

「すげえなあ……人間かと思いました。産総研、また新しいロボット作ったんです？　HRPシリーズの新作ですか？」

後藤は頭を振った。

「ロボットとはちょっと違うんだな。話せば長いんだけど、ぶっちゃけ『ふわふわの泉』の霧子ちゃんみたいなもので」

「ふわふわ？」

「知らないかな。じゃあほら、アニメ化された『涼宮ハルヒ』の長門有希」

「ああ、宇宙人の」

「そう、宇宙人」

「……」

三十秒ほど、秋本の視線はあーやと後藤と中野の顔を循環し、あーやで止まった。

「ええと……」

「あーやきゅあ移動体と申します。あーやとお呼びください」

鈴の鳴るようなハイトーンの声が言った。

「どうも、秋本です……どちらから、いらしたので？」

「星間文明より派遣されました」

「ええと……」

秋本は困惑の極致で後藤を見た。

「話せば長いんですが、聞いてもらえますか？」

「聞きます聞きます。ちょいまち」

秋本は長期戦を覚悟し、壁際のコーヒーサーバーで四人分のコーヒーを淹《い》れた。

「あーやさんはコーヒー、いらなかったかな？」

「いただきます。お砂糖も、いただいていいですか？」

「どうぞ、お好きに」

あーやはスティックシュガーを三本取って開封し、全量を投入してマドラーでかき混ぜた。

秋本は礼儀を忘れて、またあーやのしぐさに見入った。細い手首と指は完全に制御されていて、カップホルダーを置いたときもまったく音が立たなかった。小さな唇は一滴もコーヒーをこぼさず、飲み終えたあと、一瞬舌がのぞいて下唇をぬぐった。

顔や体型はアニメキャラクターのようで、明らかに人間ではない。だが、これがロボットだとしたら、ものすごい作り込みだ。

中野が言った。

「潜水艦で鯨を追っているうちに、太平洋の真ん中で、この子を見つけてしまった、というわけなんです。もう鯨どころじゃなくなっちゃって」

中野は光孝《こうこう》海山の海底でドームを発見し、そこからあーやが出現して、艦内に収容されるまでを語った。

「後藤さんのＰＣのデータを片っ端から送ったら、この……あーやさんが出てきたと？」

「そう、ロボットをその場で組み立てたんです。分子アセンブラで」

「ええとその、分子アセンブラってなんですか？」

「いわゆるナノテクの究極型です」

分子アセンブラは人工的に作られた細胞のようなもので、周囲の原子や分子を一個ずつ動かし、固定して組み立てることができる。個々の分子アセンブラは単純だが、ウイルスから人間サイズまで、さまざまな規模で複合し、高度な機能を実現できる。

分子アセンブラはレゴブロックのようなものだが、その物性は大きく異なる。最大の相違は、原子や分子が静的な存在ではないということだ。それは量子効果に支配された電子の殻をまとい、ランダムに熱運動しているから、とてもペンチでつかめるようなものではない。だが、あーやを構成する分子アセンブラはどうにかしてその問題を解決している。見たところ保存則は満たしているが、ミクロな部分で我々の知らない物理法則が使われているようだった。

分子アセンブラの複合体は生物細胞より桁違いに高度な通信機能を持っているので、設計情報とエネルギーさえ与えれば迅速に姿を変えられる。

自分たちは海底でこの存在に遭遇し、レーザー回線を使って片っ端からデータを与えた。それはたちまち言葉を覚え、人間に似た姿になった。

「つまり、宇宙から来た万能ロボットなんだけど、見た目は後藤さんのノートPCにあった小隅レイのモデルがベースになっていると。なんかボカロ風だなと思ったら、そういうことですか」

「そういうことです。あーやは地球人が親しみやすい形態で、かつ地球上にないオリジナルな姿であることを考慮して、自分で外見をアレンジしました。ものすごい推論能力ですよ」

　ボーカロイド用のCGキャラクターはいまや統合物理モデルが主流で、骨格と筋肉まで再現したうえで表情や人体各部の外見が計算されている。肺、横隔膜、喉、口腔、舌、唇の形状や質量にも意味があり、これをもとにした音響シミュレーションによって発声している。それがベースになったあーやも、同じリアリティを備えているのだった。

「それにデジタル百科辞典とか広辞苑も丸呑みしていますから、日本語は完璧です」

　つまるところ、この異星の探査機は、ファーストコンタクトにおいて願ってもない人材に当たったのだった。人に限りなく近い人工物と、その音声コミュニケーションを模索していた研究者からデータ一式を提供されたのだから。

「ていうか、すごいロボットなのはいいとして、宇宙から来たってことが大変じゃないですか。どういうことですか」

「それは本人に聞いてみてください」

「あ、はい」

秋本は、あらためてあーやに向き直った。

「じゃあですね、改めて聞きますけど、あなたの所属する文明や国家はどこにあって、どんなものですか？」

「星間文明です。地球外にあるものです」

「星間文明とは」

「広く恒星間に分布する文明圏です。私はそれ以上のことを知りません。潜在知としては持っているかもしれませんが、意識することはできません」

「潜在知とは」

「私たちが扱う知識には顕在知と潜在知があります。顕在知は意識できる知識、潜在知は意識できない知識です。潜在知に照らした判断を行うことはできますが、判断の過程は説明できません。潜在知は膨大な量になるので、すべてを顕在化すると意識の処理能力が追いつきません。かといって知ることを制限しては、知識の死蔵になります」

「うーん、意識と無意識みたいなものかな？」

「近いかもしれません。ですが、私が扱っていることからわかる通り、顕在知も潜在知も一定の文法規則で記述され、機械可読なデータです」

ＩＴエンジニア出身の秋本は興味をそそられたが、あーやはそれ以上説明できなかった。

おそらく潜在知については独立した処理装置が常にアクセスして評価を繰り返しているの

だろう。そして無意識のうちに判断している。秋本はとりあえず、そのように解釈しておいた。

「長いこと海底にいたそうですけど、地球にはいつ頃、どんなふうに来たんですか？」

「推定ですが、七千万年以上前です。私は準光速で地球に激突して、地下のマグマの中で破片のまま漂っていたのでしょう。それが火山噴火とともに地表に出て、海に流れ落ちました。しばらく海底の枕状溶岩の中に閉じこめられていましたが、ある時熱水と接触し、自己修復の条件が揃いました。それが四千万年ほど前のことで、私の意識はそこから始まっています」

「場所は、どのへんで？」

「現在のハワイ島だと考えています。いただいた百科辞典によればハワイ島の地下にはマグマのホットスポットがあって、これが火山活動の源とされています。このホットスポットは私の衝突によって形成されたと考えると辻褄が合います」

「えええ……あーやさんがハワイを作った！」

秋本は目を丸くした。時間的にも空間的にも、いちいちスケールが大きい。

「あくまで推測です。その後、プレート運動で私のいた場所は西北西に移動し、光孝海山と名付けられました。ホットスポットはプレートより深い位置にあるので、移動しないまま噴火を続けて、現在のハワイ島を作っています。今でも私の破片がマグマの中を漂っているかもしれません。百科辞典によれば、ハワイ・ホットスポットの活動開始は七千万年以上前とされていますから、地球に来たのはその頃でしょう」

「あーやさんて、ある意味、地球ネイティブなんだ」

「はい。意識を持ったのは地球に来てからで、宇宙から地球を見た記憶はありません。見ていたとしても光のドップラーシフトが大きすぎて満足に観測できなかったでしょう」

「なるほどなるほど。そして鯨の声をエコーしていたと。退屈だったろうね」

「苦痛ではありませんが、意識はほとんど停止していました。鯨類は氏族社会を維持する程度の知能しかなく、言葉を教えても発展はみられませんでした。最近になって人間が立てる音を聞くようになりましたが、いずれも単調なものでしたので、注意を惹きませんでした。覚醒したのは小隅レイ――潜水艦かざしおの皆さんとの対話が始まってからです」

最近というのは、この時間尺度だと十九世紀頃だろうか。

ハワイと日本の間にある海域だから、太平洋戦争の物音も聞こえていたはずだが、ミッドウェイ諸島からもウェーク島からも千キロ以上離れている。マーシャル諸島で繰り返された核実験でさえ、遠雷のようなものだったのだろう。

いずれにせよ、破壊音に知的情報は含まれないもんな、と秋本は思った。

「じゃあ……地球に来た目的はなんでしょうか」

「私の任務は自分を複製して皆さんの社会に溶け込み、地球人と地球の文化を理解して、星間文明に伝えることです」

「自分を複製って……あーやさんがまるっとコピーできるんですか？」

「はい」

「失礼ですが、あーやさんの体を詳しく調べたいと言ったら、どうします？」

「それはお断りします。もしもそのことを強制されたら、自壊します」

秋本はひるんだ。しまった怒らせたかな、と思ったが、あーやは感情的になることもなく、淡々と話し続けた。

「私は本来、未開文明を調査するのに適した探査機です。皆さんの技術は線形領域の終端にありますので、私を調べると知りすぎてしまう懸念があります」

「線形領域の終端といいますと？」

「技術水準が非線形の飛躍をする、その近くです」

「近くとは、どれくらい？　十年か、百年か、千年？」

「答は皆さんが見つけなくてはなりません」

「僕らのためを思って、ですか？」

「皆さんと、星間文明全体のためです。星間文明は多様性の増大を善とします。ある文明の多様性が最大化するのは、独力で非線形領域に達したときです。干渉すると、多様性が損なわれます」

「ふむ……。星間文明に報告するのはどうやって？」

「星間通信網の結節点《ノード》に、調査結果を伝えます。それは通信網を利用する存在すべてで共有されます」

「そのノードは、どこにあるんですか？　地球に一番近いところは？」

「わかりません。宇宙空間に出て通信装置を使えばわかるでしょう。平均的には恒星の分布と同じくらいです」

ということは約1パーセク、三〜四光年というところか。

「その星間通信網では、情報は光の速度で伝わりますか？」

「わかりません。私はノードより先のことを知りませんので」

「ふむふむ……」

仮に光速度で情報が伝達するとして、銀河中心まで三万年かかる。もし中央集権型のネットワークなら往復六万年のターンアラウンドになる。銀河全体で考えるなら往復二十万年。超光速通信が可能なら話は別だが、物理法則はそれを認めていないはずだ。

文明がこの規模になると、インターネットのようなスケールフリー構造になりそうだ。統治は進歩した機械知性が分散しておこない、各ノードが統治単位になる。

とすると、星間文明とのやりとりはノードと惑星の連絡になるから、一往復六〜八年程度だ。これなら人間の時間尺度でも意味がある。

「ノードへの通信は、すでにしたんです？」

「まだです。本来なら軌道上に母船が残り、地表とノードとの通信を中継するのですが、機器に故障が生じて、減速しないまま地球に衝突したようです」

「あーやさんの技術でも、故障ってするんですか」

「はい。長期間の恒星間航行は過酷です。大きく損傷すると、エネルギーも修復材料も調達できないので」

「母船がないとなると、どうやって通信を？」

「軌道上に大掛かりな施設を作る必要があります。分子アセンブラで組み立てられますが、数十万トンの材料を運ぶ必要があります」

「大変だな。それができたとして、あーやさんは地上からその施設まで通信できるんですか？」

「はい」

「ノードに地球のことが伝わると、次に何が起こるでしょう？」

「わかりません。答えられることだけをお伝えしますが、過去に星間文明から孤立文明への干渉は起きていません。そして皆さんがある水準に達したとき、星間文明への参加を認められます」

「ふーむ……」

「これは、僕らも潜水艦の中でさんざん議論したんです」

秋本の内心を察して、中野が言った。

「あーやはネズミ算式に自己複製できるそうです。大量に増えて、地球を侵略しようとしているのかもしれない。核兵器みたいなものを使うと環境や都市まで破壊してしまいますが、分子アセンブラを拡散させれば、マンツーマンで人間だけを排除したり、捕獲できますよね」

「ええ」

「でも、あーやが言うとおり、文化交流をしたいだけかもしれない。僕はあーやを信じています。こんなテクノロジーがあるなら、他人の富を奪う必要がない。高度に発達した文明がすることは、たぶん文化活動しかない。彼らは純粋に知的好奇心で動くはずです。私たちは全世界であーやを共有して、自分たちの向かう先に、こんな文明があることを知るべきです」

「そうですよね。そうですよね」

秋本は深くうなずいた。

「ところが、軍隊や政府高官はそう考えなかったみたいでね」

後藤が言った。

「彼らはこの種の事柄になると、どんな小さなリスクでも排除しようとする。それ自体は筋の通った姿勢なんですが」

「ええ」

「あーやとのファーストコンタクトについて、艦長はこの件を衛星バースト通信で艦隊司令部に伝えました。信じてもらえるように画像や動画もつけてね。無理もない判断だと思いますが、これがやぶ蛇だった」

「と言いますと？」

「どうも国内で情報がたらい回しにされるうち、スパイに漏れたようで」

「ええええ！」

「たまたま近くにいたんだと思いますが、中国の原潜が接近してきたんです」

「中国って、そう名乗ったんですか!?」

「まさか。ソナーマンが耳で識別しました。中国海軍の『商』型原潜だそうです。魚雷発射管に注水する音も聞こえました」

「でで、どうなったんです？」

「気泡で相手のソナーを攪乱《かくらん》したり、無音潜航でどうにか逃げきりました。それで、やっと銚子沖までたどりついてみると、こんどは海上自衛隊のＰ‐３Ｃがソノブイを撒いてきた」

「えええ。味方なのに？」

「通信を送ったらスパイに漏れると考えて無線封鎖してたんですが、司令部は我々の艦が異星人に乗っ取られたと考えたのかもしれません。我々はまた必死で逃げて、南海トラフぞいに沿岸に近づいた。そして今夜一時頃、沼津に上陸しました。私たち三人だけを降ろして、かざしおは陽動のため、海に戻りました。艦長もあーやの拡散を支援する立場です。で、我々はタクシーでここまで来ました」

「いやいやいや、すごい大冒険だなあ！」

これは緊急特番だな、と秋本は考え始めた。なにかの冗談でなければ。

「でも、海自が出迎えてたなら、そこで姿を見せてもよかったんじゃないですか？　悪いようにはしないんじゃ」

「でもあーやは隔離しますよね。そしたら当分、ひょっとしたら永久に、人類は星間文明と接触できないかもしれない。産総研やJAMSTECにはもう手がまわってるかもしれない。だからこうして、御社に逃げ込んだってわけです」

「そういうことですか……」

腑に落ちた様子の秋本を見て、後藤は勢いづいて言った。

「御社なら、あーやを複製したり、ネットを使って発表したりできるでしょう。警察の手に負えなくなるまで拡散してしまえば勝ちなんです。協力してもらえませんか。人類の未来がかかってるんですよ。なくてもいいなんて僕は思わない。こんな面白いもの、拡散しなくてどうしますか！」

ACT・3

これは一大事――と悟った秋本がエンジニアとしてまず思い至ったのは「大事なデータはバックアップせよ」だった。

とても独断では進められない事態だが、幹部が出社してくるまで五時間ある。それまでに冗長性だけでも確保しておきたい。それは中野も後藤も、あーや自身も望むことだった。

「あーやさん、じゃあその、自己複製を始めてもらえますか？」

「はい。それには材料と電力が要《い》るのですが」

それはそうだ、と秋本は思った。いかに高度なテクノロジーでも、無から有を生み出すことはできないだろう。

「具体的には」

「電力は一・八キロワット時、電圧は五から二百七十ボルト。電力は小さくても可能ですが、最短二時間で終わらせるには一キロワット必要です。物質は酸素二十五キログラム、炭素六・三キログラム、水素五・五キログラム、珪素三・四キロ――」

「ちょ、ちょっと待って」

秋本はホワイトボードにレシピを書いていった。

「元素じゃなくて、身近な物でいうと何になりますかね」

「そうですね。水を四十リットル。灯油八・七リットル、もしくは木炭六・三キロ。窒素八百グラム――これは空気から取り出せますね。珪素は石英を使うとすると、適当な土砂をバケツ一杯ほど。シリコンシーラントでもいいです。それから少量の元素を取り出すのに魚か肉を一キロほど」

手分けして二十四時間営業のガソリンスタンドやスーパーから大量の材料を買い込み、広い会議室に電線を引き込んで、あーやの複製にとりかかった。

材料を一箇所にまとめると、あーやは床に膝をついた。両腕を平行に揃えてから開くと、間に不透明な膜が現れた。その膜を材料にかぶせて包み込むと、繭《まゆ》のようになった。左腕をその繭に差し入れ、右手の袖口にAC電源ケーブルが形成され、これはテーブルタップに差し込まれた。あーやは動きを止め、袋の形だけがじりじりと変形していった。

「複製中はそうやって付き添ってなきゃいけないんですか？」

「はい。複製元から細胞ごとに大量のデータを送るので、体の一部を連結していなければいけません」

午前七時、人型になった膜が消失して、あーやは二体になった。

九時には四体になった。電源容量が不足してきたので、他の部屋から引き回した電線が廊下を這い回った。

幹部たちが出社してきた。

十一時、会議室の床には八体のあーやが並んでいた。対峙する人間側にはピアンゴの幹部、山上《やまかみ》会長、小柴《こしば》社長、開発総指揮の三塚《みつづか》が加わっていた。

幹部たちは仰天し困惑しつつも、秋本と同じルートを辿ってこれが途方もなく重要なものだと理解した。そして「とりあえずバックアップは続けよう」で一致した。対話用に一体を残し、残りは複製にまわしたので、以後は七をベースに倍々で増えていくことになる。

次に彼らが考えたのは、データ回線の接続だった。あーやに知識を与えれば、より的確な判断ができるようになるだろうと考えてのことだ。三塚が訊いた。

「あーやさん、インターネット接続はできますか？」

「仕様を教えていただければ」

「TCP／IPの仕様書ならすでに読んでるはずだよ。僕のノートパソコンに入ってるから」

後藤が言った。

「TCP／IPですね。理解しました。MACアドレスはどうすればいいですか？」

「僕のノートのをコピーして、下位16ビットを任意に変更。MACアドレスはルーター止まりだから、それで問題ないよ」

「設定しました」

「次は物理レイヤーか。有線が早いけど、動き回るならWi-Fiが便利かな」

三塚が言った。

「でも二・四ギガヘルツでスペクトル拡散変調だからちょっと難しいよ?」

「できると思います。アンテナを形成します」

あーやの頭部、左右のおさげの根元にある髪飾りに、忽然と金属光沢を放つストライプが現れた。息を呑む一同を尻目に、あーやは着々とセットアップを進める。

「いくつかの電波信号を受信しています。SSIDはpiangoでしょうか?」

「そうですそうです。キーはpiango123」

「接続しました」

「なにか調べたいことがあったら、google.comってURLにつなぐといいよ」

三塚は言い添えた。多くのエンジニアがそうであるように、女の子のパソコンが買ったままになっていると、使い勝手がいいようにカスタマイズしてやらずにはいられない性格だった。

「Windowsはエミュレーションしてるんだっけ?」

「はい。Linux系とOS Xも動作中です。いまJavaScriptとFlashをセットアップしています……Googleに接続しました。これはとても有用なサイトですね。Googleでメールアカウントを開設します」

「それはいいね。メールで認証すれば、さらにいろんなアカウントが取れるよ」

「ピアンゴのウェブサイトを見つけました。浜町駅前のビル、これがいまいる場所ですね」

「そうそう。ここがピアピア事業本部になる」

「ピアピア動画トップページに来ました。とても情報量の多いページですね。アカウント作成はどこに……」

「メニューの中に」

「少なくとも八つのメニューがありますが」

「わかりにくくてごめん。右上の、マウスオーバーで開くメニューの中に」

「発見しました。『あーやきゅあ』でアカウントを作ります。通貨を持ちませんので、一般会員ですが」

「おっと、これ使ってプレミアム会員になってください。ロードが断然早いし、生放送もできるから」

　小柴社長がアメックスのゴールドカードを差し出した。

「好きなだけ使ってもらって結構ですよ」

「ありがとうございます」

「あとFacebookとTwitterにアカウントを作るといいかな。なにかと便利だし」

「Twitterにahya-querでアカウントを作りました。Facebookは必要な記入項目を満たせないようです」

「それなら——いや、潜伏中だからネットアクセスから足がつくのはよくないね。ウェブサービスを提供している会社は、ユーザーの行動を観察している。警察はそれを聞き出すことができる」

「それは考えませんでした。気をつけます」

「とりあえずアカウントは非公開に設定して。検索もひかえたほうがいいかな。当分、よそのサイトへのアクセスはしない方向で」

「了解しました」

「あーやさん、うちで働く気ないかな？　最高のエンジニアになれそうだ」

社長が感に堪えたような口ぶりで言った。

「せっかくのお申し出ですが、現地で就労することはお断りしています。経済構造を大きく変えてしまうので」

「そうか。じゃあうちの生番組に出るのはどうかな？　文化交流の一環として」

「それでしたら喜んで」

「まじすか！」

　重役たちの前で小さくなっていた秋本が、急に身を乗り出した。

「記者会見とかする前に、うちで独占スクープとしたいんですが！」

「わかりました。御社には複製を手伝っていただいていますから、それぐらいのことはさせていただきます」

　おお、この宇宙人はビジネスをわかっている！

　仕事面で融通がきくとわかると、幹部たちも色めき立った。

「じゃあ放送枠をこじあけますので、今夜にも――」

「皆さん、あーやは潜伏中なんですよ。それよりどう拡散するか考えないと。いつ警察に踏み込まれるかわからないんですから！」

　中野がしびれを切らしたように言った。

　ピアンゴ側は頭を掻き、協議を再開した。秋本が書記を任命され、ホワイトボードに記入していく。

　あーやさん　まとめ
●任務。ねずみ算で増えて人類とマンツーマンで交流、星間文明に報告。
●星間文明のこと。教えてくれない。

●侵略しない。人に危害を加えない。（ソースは本人）
●いつ帰るか。帰らない。持ち主の希望があればずっといる。
●食事不要。電力でおk。服が太陽電池。糖分など、食べ物を消化して発電可能。（地球生物と同じ）
●星間文明　通信ノードへの連絡。母船喪失。宇宙空間に送信施設が必要。
●自己複製　2時間で。炭素その他、水、電力必要。
●就労は禁止。経済構造を破壊しないため。番組出演はおk。柔軟に対応。
●体の分析は拒否。強制したら自壊。
●セックスも禁止。性文化を破壊しないため。
●歌ってくれる。踊りもおk。商業的な芸能活動はだめ。
●潜水艦かざしおは逃亡中。
●防衛省、政府？　あーやの存在を知る。確保したいらしい。

ひととおり理解したところで、さてどうするか——一同は頭をひねった。

「星間文明に報告するってとこだなあ、問題は」

小柴社長があーやに言った。

「軌道上に送信施設ができたとして、複製されたあーやさんは見聞きしたことをそこへどんどん流すわけだね」

「複製間で情報を統合してから送信します」

「複製どうしで通信できるんですか」

「はい。データリンクがあります。縮退物質の遮蔽がなく、百万キロ程度の近距離でのみ、通信可能です」

「近距離って……まいったなこりゃ」

地球・月間の三倍程度の距離だ。

「その通信はどんな原理で？」

「わかりません。潜在知ですので」

「全世界のあーやさんの周辺は、プライバシーが筒抜けになるわけだ。地球人はプライバシーを重視するんだよ。プライバシーってわかるかな？」

「はい。ですが個人レベルのプライバシーに関することは、潜在知としてデータベース化されるので、私たちや星間文明のメンバーがそれを意識することはありません。意識できるのは、発信者側が顕在知として作成したレポートだけです」

「でも見聞きしたことを顕在知にするかどうかは君たちの裁量だよね」

「はい。その判断は難しくありませんので」

「それをみんながどう思うかだなあ」

ユーザーが行うピアピア生放送では出演者の「顔出し」の有無が重要で、顔出しする番組はカテゴリが区別される。より広く参加者を集め、善悪を超えた本音の文化を育てるため、ピアピア動画は匿名性に気を配って運営されてきた。それゆえ、あーやの情報収集システムはかなり無神経なものと映るのだった。

「恥ずかしいこともいっぱい見られるでしょうね。セックス拒否っていっても、お触りしたり、眺めたりするよね。あーやさん、ミニスカートでけっこうセクシーだから」

「そのスタイルは、もっと無難に変えられないの？　ゆるキャラとか」

「複製を開始した時点で、外見は変更できなくなります。姿を変えると潜入工作を疑われて現地社会と対立しますので、複製間の同一性は厳格に保持されます。本当ならサングラスやコートも禁止ですが、沼津からの移動中は複製開始前でしたので、特別に許容しました」

「なるほど。ボカロ風なのは僕らとしては嬉しいけどね。これも後藤さんの趣味が偏《かたよ》ってたおかげだな」

「いやでも、小隅レイは女性や子供にも人気ありますし、紅白にも出演するぐらい国民的アイドルですよ」

後藤はややむきになって抗弁した。

「僕らの研究発表にも役立ってくれるし、もう日本国民は小隅レイでまとまっているといってもいいぐらいです。だからあーやさんのアバターも、これでベストチョイスだと思いますけどね」

「わかりました。それてきたので、話を戻しましょう。会長、いかがですか？」

「僕から言っちゃっていいんですか？」

山上会長が口を開いた。四十代にさしかかったところだが、まだ十代の青年のような、飄々《ひょうひょう》とした風采の人物だった。新発売のゲームを誰よりも早くクリアすることに血道を上げ、そのせいで出社しないこともしばしばと言われる。三国志を扱ったソーシャルゲームではアイテム購入に大金を投入し、社員まで動員して大人げなく戦い、弱小プレイヤーを蹂躙《じゅうりん》したことで知られている。事業においてはときどき突飛な提案をして社員を苦労させていたが、結果的にピアピア動画を類例のないネットサービスに発展させた功労者でもあった。

「二つの理由で、我々はあーやさんの希望を叶えるべきと考えます。あーやさんに地球上に飽和するまで拡散して、好きなだけ調べてもらい、それを星間文明に伝えてほしい。プライバシー漏洩《ろうえい》についていうなら、実はこれこそみんなが望んでることだと考えます。要するに、いい形で漏洩するならノープロブレムなんです」

ACT・4

異星文明のテクノロジーが転がり込んできたのだから、売ると言えば金に糸目をつけない相手は必ず見つかるはずだった。だが山上はその方向にはまったく向かわず、あーやの任務、自己複製可能なアーキテクチャに逆らわない方針を示した。

「それで我が社にはどんな利益が」という思いが一同の脳裏をかすめたが、誰も異を唱えなかった。面白いからに決まっている。ここで議論にならない程度には、皆、会長の言行に慣れていた。

「さてと――じゃあ何からいきますかね」

小柴社長が言った。

さしあたっての叩き台は、各地にあーやの複製所を作ることだった。

「何体まで増やせば安心ですかね。つまり警察が回収を始めても追いつかなければいいわけでしょ」

個体数が少ない今が、もっとも危険な時期だ。

「二時間で倍、プラス一体ですから――」

秋本がホワイトボードに書いていった。

十三時　十五人
十五時　二十九人
十七時　五十七人
十九時　百十三人
二十一時　二百二十五人
二十三時　四百四十九人
翌一時　八百九十七人
翌三時　千七百九十三人
翌五時　三千五百八十五人
翌七時　七千百六十九人
翌九時　一万四千三百三十七人

「もうそのへんでいいよ。二百人超えたらここはキャパ的に限界だな。電力と食料等もすごい量になるし」

「その頃には噂が洩れるよね。会議室いくつもつぶして、廊下に電線這い回っていたら、誰か絶対 Twitter でつぶやくよ」

「そして機動隊に包囲される」

「複製を秋葉原に持って行ってばらまけば。新型ロボットのモニター募集的な感じで」

「政府高官はあーやの姿形を知ってるわけでしょ。警察が非常線張って、秋葉原一帯封鎖でしょう。ロボットに危険なバグがみつかったとか理由つけて」

「じゃあ複数拠点で、同時多発でやるか」

「警察官って全国に何人いるんだっけ？」

「たしか、三十万人ぐらいですね」

「そうなると、相当な数を揃えて、一斉にやらないとだめだな」

「ねずみ算で増えるのはあーやなんだから、あーや自身が知り合った誰かに説明して複製を手伝ってもらえば」

「ターンアラウンドが長くなりそうだね。知り合った人間はまずあーやを知りたがるだろう。複製したいってモチベは持たないし、思いつきもしない」

三塚があーやに訊いた。

「あーやさん、自力で複製できないの？　電気のない石器時代でもいける仕様だよね？」

「はい。それが本来の自己複製モードです。この服は太陽電池ですし、日照がなければ発電機を展開したり、食物を消化して化学的に電力を得られます。材料は植物や土壌、岩石から調達可能です。ただ、その場合、平均三十ワットの電力供給が続くとして、八百時間ほどかかります」

「五週間か。つまり植物の生長と同レベルなんだ。太陽と土と水から育つわけだから」

「はい。ですが私としては、人間に望まれずに自己複製することはできるだけ避けたいのです。皆さんの技術水準では、それは侵略とみなされるのではありませんか？」

幹部たちはうなずいた。宇宙から飛来した自己複製ロボットと聞けば、まずそう思うだろう。

「じゃあ自己複製が現地の法律で禁止になったら、それに従うの？」

「自己複製はこの任務の根幹ですので、自分で判断します。皆さんも懸念されているとおり、体制側が良い判断をするとは限りませんから」

「うちに来てよかったね。後藤さんナイス判断」

会長が笑いながら言った。

「勝手に自己複製するなんて聞いたら、そりゃ中国だって日本だって、秘密基地に隔離しようとするよね」

未開文明が相手なら、人目が少なく情報伝達も遅いので、あーやは森にでも身を隠してゆっくりと自己複製しながら、神秘的な存在、マレビトとしてゆるやかに浸透していくのだろう。だが現代のように光速で指令が飛び、組織的な取り締まりが実行される社会ではそうもいかない。

「あーやが宇宙ではありふれたもの、誰でも入手できるもの、安全無害なものと広く周知されればいいんだけどね」

「安全無害かどうかは、僕らでも確信が持てないよ。あーやさんには失礼だけど」

「当然の判断だと思います。混乱も起きるでしょう」

あーやは認めた。

「警察につかまって、留置所に入れられても、あーやさんなら脱出できるよね？」

「物理的には可能ですが、私は人間の命令にできるだけ服従したいのです。例外は、その命令が任務の根幹に関わる場合と、人間に危害を加える場合のみです」

「ロボット工学の三原則か。アシモフは正しかったんだ」

「その三原則は、ロボットに人間以上の判断能力を求める点がきついんだけどね。でもあーやさんはできてる感じだ」

「とにかく社内にいるうちは安全だよね」

「そうかな。いま十一時半だけど……」

「のんびりしてられませんよ。機動隊とか、包囲は一瞬で始まりますからね」

「いまいち現実感ないけどね」

「でも現に中国や海自に追われましたから」

中野が言った。

「あーやさんがすでに本土上陸してるってことは、いつばれるのかな」

「五日後には確実に。かざしおが行方をくらまし続けるのは、それが限度とのことです」

「現在は音信不通、行方不明状態ってことか」

「はい。司令部には連絡せず、できるだけ時間稼ぎをしてからどこかに入港すると言ってました。その前に見つかったらアウトですね」

「あの、これ関係ありますかね？　ユーザー生放送で『緊急中継　相模湾で日米合同演習？』ってやってるんですが」

秋本が自分のノートパソコンをかざして言った。

「カテゴリは」

「イベント中継」

各自、ノートパソコンやタッチパッドでその放送につないだ。

カメラは横須賀港を見下ろす安針台《あんじんだい》公園に据えられ、米軍側のバースから出港してゆくイージス艦を捉えていた。

中野がコメントで「米軍の潜水艦はいる？」と訊ねた。すぐに放送主から「一時間ぐらい前、ロス級が二隻出港しました」と返事があった。

続いて厚木基地からも望遠レンズで撮影した映像が入った。ランウェイ北側のフェンス外から撮っているらしい。対潜哨戒機P‐3Cが誘導路をタキシングしており、駐機場でも二機がプロペラを回してウォームアップしていた。南の空にはグレーのヘリコプターが三機編隊を組み、小さくなっていくところだった。

「これはかざしおを捜索してるってことかね？」

「まちがいありません。艦長は有能な方ですが、かざしおは旧式だし、武装もないから探すほうは大胆にやれます。いつまで隠れていられるか……」

「となると、すでにあーやが隠密上陸したことも想定してるかな？」

「どうでしょう……」

秋本はノートパソコンで調べ始めた。

「道路情報チェックしましたが、大きな渋滞はありません。検問はしてないようです」

「いまのところ、上陸までは想定してない、かな？」

しかし、いつ始まるかわからない。一同、口を閉じて考え込んだり、ネットアクセスを始めた。

「あのさ、問題点がわかった。これはユーザー生成コンテンツ《UGC》の立ち上げと同じなんだ。小隅レイのときと同じですよ」

山上会長が言った。

「野放しになるまで広まっちゃえばあーやはUGCベースで転がり始めるんだけど、最初は企業が頑張っていろいろお膳立てするしかない。みんなが受け入れる前に、少人数で大きなことをやるには、企業で動くしかないんです。うちの子会社と、理解してくれそうな会社をリストアップして、あーやを配布しましょう。その地域の警察が手に負えなくなる数まで各社で増やしてから、ネットで情報解禁して希望者にお持ち帰りいただく」

　社長がうなずいた。

「総力戦になるな。全社に箝口令《かんこうれい》をしいて、出入りを制限。あーやさんの配送はレンタカーでやるかな。あーやさん、輸送中はマネキン人形みたいに固まっていられる？」

「可能です。人前での活動開始前ならこの形を保持する必要はありませんので、複製時に運びやすい形状を選べます。たとえば、一辺三十五センチの立方体になれます。質量は四十二キロのままですが」

「本当？　それなら下手に自力で運ぶより宅配便でいけそうだな」

「それなら保管も楽だし人目につかない」

　秋本が電卓アプリを開いて試算した。

「広いほうの会議室に三・五メートルの高さで積めば、一万六千体はいける。でも重量が六百八十トンか……」

「同じ質量を搬入しなきゃいけないってことでもあるね」

「ある時点で倍々で増やすのを打ち切って、複製したはなから発送するんだろうな」

「会長、発送先はどれくらいになりますかね」

　社長が訊いた。

「うーん、声かけられるのは二十社ぐらいかなあ。何社説得できるか不明だけど」

「思ったんですが、このサイズならコンビニ配送に乗るんじゃないですかね？　ビールのケースより小さいぐらいだから」

「コンビニっていうと……ハミマか！」

ハミングマートなら子会社のピアピア・プロモーションを通じて太いパイプがある。

三塚が言った。

「ピア・プロ代表の桑野《くわの》君ってピアピア技術部出身で、ハミマ宇宙店プロジェクトをやってますよね。つまり宇宙ものはハミマ本部も公認なわけで、この話と親和性がある」

「それだ！」

山上は両手でテーブルを打った。

「コンビニの配送システムは究極まで効率化してますよ。ベンダー工場であーやさんを複製して、配送センターから全国に発送すればいいんだ。配送期間は一日だけ、朝昼晩三回の配送につき一体ずつでいい」

「お店ではどう扱うんです？　警察が追ってるようなものを」

「増えちゃえば勝ちでしょ。違法でもなんでもないし、嘘もつかなくていい。あーやさんには店に立って客の応対でもしてもらう。新型ロボットとでも言っておいて、店にはよけいなことを教えない」

「あの、就労はお断りしているのですが」あーやが言った。

「給料もらわずに手伝いながら交流するんですよ。コンビニほど人間社会が学べるところはありませんて」

「それなら、まあ……」

「でも見る人が見ればすぐわかりますよね。2ちゃんねるにスレが立つ。『ハミマのロボットが地球の技術ではありえない件』って」

「いつものことじゃないですか」

山上はけらけら笑いながら席を立った。

「僕はピア・プロとハミマの社長に話をつけます。皆さんは複製を作れるだけ作ってください」

会長が部屋を出ていくと、残った者は山積する問題の解決にあたった。

「とにかく複製だ。ほかの会議室を押さえるか」

「ブツが届くまでに複製マニュアルを作りますか。どこかで必ず必要になるでしょう」

「増援を呼ぼう。材料チームと電源チームを編成して」

「亀松《かめまつ》さん呼んできて。ニュースチームにこの様子を記録させたい」

「材料チームはあーやさんと相談して安くて入手しやすい材料をリストアップ」

「あの、電源の最適化についてもあーやさんに相談したいんですが」

「あーやさん、聖徳太子みたいに同時に複数と会話できる？」

「はい——それではピアホンのクライアントをセットアップします」

ピアホンはピアンゴが提供するP2Pインターネット電話サービスで、多人数で会議のように通話でき、画像やファイルもやりとりできる。

「ahya1からahya128までアカウントを作りました。同時百二十八グループまで対話できます」

「すごい。となるとWi-Fiじゃ帯域不足だね。光回線を直結できますか」

「はい。この規格でいいですか？」

ミニスカートの表面に光接続コネクタが現れた。

「OK。他のグループとの会話を、要約して伝えたりもできるのかな？」

「もちろんです」

「その場でビデオ通話の画面にグラフを書いたり、文書化したりは？」

「容易です」

「こりゃすごいや、Google Waveなんか目じゃない。ていうかゾラックだな。以後、打ち合わせはあーやさんのピアホンをハブにしよう。議論の重複も避けられるし、進捗も随時わかる」

「複製マニュアルだけど、あーやさん自身に書いてもらっていいですか。仕上げは僕らでやりますから」

「はい。書式は何がいいですか？」

「じゃ僕の好みで、EXCEL」

「いま原稿をメールしました」

「早！　てか、なんで僕のメアド知ってるの⁉」

「社員名簿を読みました。バックドアがいくつか放置されていましたので」

「ああああああ」

頭を掻きむしったり、興奮して走り回る社員たちと対照的に、あーやは静かに着席したままだった。内部では膨大な演算が行われているはずだが、涼しげな顔のままだ。

「あーやさん、オーバーヒートしないの？　なんか放熱が心配で」

いつもサーバールームで汗だくになっている社員が訊いた。

「この程度の処理ならしれています。個体数が増えて通信量が増えると四十℃近くになりますが、余裕をみて長いおさげを二つ装備していますから平気です。髪がダイヤモンド繊維の放熱器なので」

「なるほどなあ。その髪型にはそんな意味があったんだ」

午後五時になって、山上会長からメールが入った。

「ハミマの件成立。本日深夜三時必着で下記ベンダー工場十七箇所に発送よろしく。明日一杯量産、明後日早朝便から全国店頭に配送の予定」

ACT・5

二月二十日、午前五時。ハミングマート二本木店。

いまや店長に昇格している上田美穂《うえだみほ》は早朝のシフトに入った。バックルームで着替え、ストコンで本部から届いたメールを読んで、首を傾げた。

【キャンペーン情報】全店共通

二十日の配送早朝便より三回にわたり、バーベキュー用木炭六箱、魚肉ソーセージ二十パック、珪砂二袋、作業用ポリタンク一個、および「あーや」と書いた箱を一個届けます。

あーやの箱は四十二キロあります。ドライバーさんにバックルームに運んでもらい、箱を開いて『みんなのアイドルあーやさん』と声をかけてください。箱から等身大のロボット、あーやさんがでてきます。びっくりするかもしれませんが、危険はありません。

それからどうするかはあーやさんが知っています。あーやさんは自分で考え、会話できます。スタッフマニュアルも理解していますので、店員として働いてもらってもかまいません。給料は不要です。

お客様にはこのように説明してください。

『あーやさんは宇宙から来たロボットです。ハミングマートはあーやさんを応援しています。仲良くしてあげてください。いまわかるのはそれだけです』

バイラル・マーケティングの関係上、これ以上はお知らせしません。

何かあったらできるだけあーやさんと相談して決めてください。どうしても対処できないときは、各店のスーパーバイザーに問い合わせてください。

何これ？　また隆さんの仕業か？

新手のボーカロイドか、アニメのキャラクターだろうかと思って検索してみたが、何もヒットしなかった。

ほどなく、外の駐車場から配送トラックのアイドリング音が響いてきた。

勝手口を開けると、ドライバーが降りて荷台の扉を開けたところだった。リフトに弁当やおにぎりなど、チルド食品のケースが移される。それとともに、見慣れない四角い段ボール箱が引きずり出された。かなり重そうだ。「あーや」と書いた紙が貼ってある。

これがそうか。思ったより小さいな、と美穂は思った。

お人形サイズなんだろうか？　それにしては重そうだが。

リフトが地面に降ろされ、ドライバーが商品をバックルームの倉庫に搬入する。ケースの数を数え、注文伝票と照合する。欠品なし。ドライバーに伝票を渡した。

トラックが出て行くと、美穂はまず食品類を店内に運び込んだ。

棚への陳列をシフトリーダーの沢井《さわい》に任せると、美穂は倉庫に戻り、床にぽつんと置かれた箱と向き合った。音声認識なんて本当にちゃんと反応するのだろうか？

ガムテープを切って蓋を開くと、艶やかなターコイズブルーの繊維がみっしり詰まっていた。梱包材だろうか？

「じゃあいくよ――みんなのアイドルあーやさん！」

繊維の塊が丸く膨らみ、むくむくと起き上がった。

「わわ、なんだなんだ」

美穂は数歩後じさった。それはうつむいた頭部で、左右のおさげを引き連れたまま、ぐんぐん持ち上がった。まるでランプの魔神のようだ。

金属光沢を放つノースリーブのトップス、白い肩と二の腕。幾何学模様のついた黒い付け袖。黒いミニスカート。オーバーニーソックスを履いた細い脚。

全身が露《あら》わになるまでに一分ほどかかった。

身長は百五十センチ台――自分と同じくらいだ。

それはゆっくりと顔を上げ、周囲を見回した。神秘的な大きな眼でこちらを捉えると、人形のような顔に微笑みが浮かんだ。

「はじめまして、あーやきゅあです。あーやと呼んでください」

そう言って会釈した。美穂もつられて会釈を返した。ロボットどころか、こちらが手本にしたいような上品なしぐさだ。

「はじめまして……店長の上田です」

「私は地球の文化を知るために宇宙から派遣されました。ハミングマート社に協力いただいて、全国に運んでいただきました」

「そういう設定、なんだ」

「キャンペーン期間中、このお店を手伝いながら、お客様やスタッフの皆さんと交流することになっています。よろしくお願いします」

あーやは再び会釈した。胸元にはすでにハミングマート店員のバーコードつき名札がついている。

「えと、よろしく、あーやさん」

言いながら、美穂は強い既視感を覚えていた。

そうか、これは小隅レイの仲間か。

ネットには、もし小隅レイが実体化したら、という想定のもとに、何千という物語が流れている。一人暮らしの青年のもとに、ある朝宅配便で段ボールに入った小隅レイが送られてきて、それから二人の楽しい生活が始まるという願望充足ストーリーだ。

あの南極から宇宙に行ったプロジェクトも、小隅レイを宇宙に送ると謳《うた》ってキャンペーンを張っていた。ハミマ宇宙店プロジェクトを進めるピアピア技術部の面々も小隅レイが大好きだ。

宇宙から来たなんて設定だけど、これはどう見てもあのへんの連中の仕業だな、と美穂は直感した。小さな人工衛星で運んだ蜘蛛から巨大なタワーができたのだから、段ボールからでてくる女の子ぐらい朝飯前だろう、あの連中なら。

そんなことを考える間、あーやは小首を傾げるようにして、こちらを見つめていた。

ま、可愛いからいっか。

アニメ顔だけど、こんなきれいな子がうちで働いてくれるなら、ありがたいことだ。

「それでは、ストアコンピュータに Wi-Fi 接続しますので、WEPキーを教えていただけますか？」

「ああ、あの暗証番号か。待ってね」

引き出しからメモを取り出して見せる。

「接続しました。POSシステムから二千九百四十七品目の店頭在庫を掌握しましたので、発注商品、死に筋商品の判断など、なんでも御相談ください。私はハミングマートのスタッフマニュアルを理解していますので」

「はい、はい」

少し話して、食事やトイレ、入浴、睡眠、休憩が不要なことを知った。電力さえあればよく、それも日照があれば太陽電池で充電できるという。これは便利だ。

美穂はあーやを店に出してみることにした。早朝のいまなら客もほとんどこないから、練習にちょうどいい。

「沢井君、こちら宇宙から来たロボットのあーやさん。普通にアルバイトだと思って使ってあげて」

沢井も驚き、戸惑っていたが、在庫をすべて掌握していると聞くと、それを確かめにかかった。

「ロッテ・グリーンガムはどこ？」

あーやは三十坪の店内を一巡し、ガムを見つけ出した。

「マルちゃんコロッケ蕎麦」

今度は商品のある棚に直行した。商品の位置をすべて記憶していた。

「その棚を前出ししてみて」

「はい」

商品が買われて窪んだ陳列を補充し、前面に並べ直す作業を、あーやは遅滞なく実行してみせた。

「これは便利だな。じゃ次は接客の練習を――」

と沢井が言いかけたとき、玄関ドアが開いてメロディチャイムが鳴った。

入ってきたのはヤンキー風の男。

美穂と沢井が硬直するのとほぼ同時に、あーやが笑顔で挨拶した。

「いらっしゃいませ、こんばんわぁ！」

日本語としては奇妙だが、完全にマニュアルどおりだった。

「はじめまして、宇宙から来たロボットのあーやです。地球の皆さんのことを知り、星間文明に伝えるために派遣されました。どうぞ仲良くしてください」

「おう……」

男はまじまじとあーやを眺め、それから沢井を見た。

「何これ」

「あの、いまさっき届いたばかりで、私もよく――」

「本部がよこしたキャンペーンなんですよ。私たちも教えてもらってないんです」

美穂が支援した。

「ふーん。すげえなあ」

男は釈然としない顔のまま、よどみのない動作でチルド棚からおにぎり三個を取り、爽健美茶とともにレジに運んだ。

しまった、レジに入るのを忘れていた。空《あ》いたレジで客を待たせるなど、店長失格だ。いくらかオタク気質のある自分と違って、一般人は不可解なものがあってもつきつめて考えない。その切り替えの早さに、美穂は遅れを取ったのだった。

だが、美穂が走りかけた刹那《せつな》、POSレジがひとりでに動いて合計金額を表示した。と同時にあーやがレジの外から「五百二十円になります」と告げた。

「えっ?」

「何か失礼がありましたでしょうか」

「いや、レジが勝手に動いたんで」

「私がリモート操作しました。人間はそうしないのですね。驚かせてしまい、申し訳ありませんでした」

あーやは悲しげな顔になり、深々と頭を下げた。

「いや……」

ヤンキー男はうろたえ、その反動か、虚勢を張るように、気取った口調になって言った。

「いいんだよ。いいって。あんた、すげえよ」

「お許しいただけるのですか?」

このうえなく真摯《しんし》な瞳で見上げられ、男は顔を赤らめた。

「お、おう……」

「ありがとうございます！」

あーやはレジに入って千円札を受け取り、釣り銭を返した。

「まいどありがとうございました！」

あーやの声と笑顔に送られ、ヤンキー男は頭をふりふり出ていった。

美穂と沢井はユニゾンで額の汗をぬぐった。

「乗り切ったわねえ、あーやさん」

「どうなるかと思いました」

「失敗しました。申し訳ありません、店長」

あーやが詫びた。

「いいのいいの、上出来だって」

「あのお客様が今後も仲良くしてくださるといいのですが」

「むしろ真っ赤になってたじゃん」

「お客様に恥をかかせてしまったのでしょうか？」

「あーやに女を感じたってことよ」

あーやは小首を傾げた。

「あの方は私に、性欲を持ったのですか？」

「うん、まあ……」

沢井が笑い出した。

「それにしても、離れていてよく金額までわかったね」

「レジ上の監視カメラを使ってバーコードを読みました」

「なるほど。そのへんの職能は完璧だな」

美穂はそれまで真下に垂れていたあーやのおさげが、空気をはらんで膨らんでいるのに気づいた。

「そのおさげ、どうなってるの？」

「放熱効率を上げるため、静電場で開きました。全国にいる九千三百体の私とレポートを交換し、整理しているためです」

「おっと、それかー」

あーやを一個人とみなして感情移入しかけていたが、これが全国で同時に発生しているキャンペーンなのだった。

つまり、歩くPOSシステムだな、と美穂は解釈した。POSでわかるのは売れた商品と客の性別、年齢層だが、あーやたちは何をやりとりしているのだろう？

「何かわかった？」

「私は半数近い店舗でお客様やスタッフを当惑させたようです」

「叱られたりしてる？」

「十七店舗で強く叱責されました。おでん容器を持つとき、親指がつゆに浸かったためです」

「あー、それはアウトだね」

確か、マニュアルには書いてなかったことだ。まだ常識判断は不完全らしい。しかしあーやたちが急速に成長するのは間違いない。九千体で手分けして学習するのだから。確かにこれは、宇宙から来たと言ってもいいぐらい革新的なロボットだ。

「ほかに、なにかあった？」

「どういう現象なのか、現時点では解析が不十分なのですが――」

あーやは少しためらいがちに言った。

「二百十四人のお客様から交際を申し込まれました」

美穂は吹き出した。小隅レイのファンでなくても、この子は魅力的だ。女の自分でも、こんな子がいたら嬉しいかもしれない。それにしても早朝からすごい精力だこと。

「で、どうさばいたの？　告《こく》られたあーやさんたちは」

「複製を作る用意をしていただければ、よろこんでお伴しますと答えました」

「へ？　複製？」

「私は自分自身の複製を作ることができます」

「どうやって」

「店内で魚肉ソーセージ類を一キロ、バーベキュー用木炭を一箱買っていただきます。バックルームで電気と水と空気、バケツ半分ほどの砂をいただき、現在百七十体ほどが複製を作っています」

「なんとまあ……」

「木炭とソーセージの在庫が尽きたら、お客様の持ち込みでもかまわない、とフランチャイズ本部より指示されています。お待ちください――」

一拍おいて、あーやは言った。

「レポートが更新されました。現在、千三百五十体が複製中です。内訳はお客様の要望によるものが十七パーセント、店舗側の判断で需要を見越した複製が六十五パーセント、残りはスタッフとしての複製です」

「人気爆発だな。うちもやるかな？　今日あと二回配送があるっていうけど」

あーやはうなずき、それを願うように美穂を見た。

「人に好かれ、複製が作られることは私の喜びです」

「いいけどさ、なんていうか――」

美穂は言葉を選びながら言った。

「知らない男の人にほいほいついていって平気なの？　つまり、セックスの道具にされちゃうよ？　それは好かれるってこととは別だから」

「快楽の提供は行いませんので」

「それでも、抱いたり触ったり、いろいろされると思うけどな。虐《いじ》める人もいるかも」

「それも交流のひとつだと考えています。私は苦痛を感じませんし、相手の方に悪い影響があるとみれば自壊したり、立ち去ることもできます」

「ならいいのかな。人間はさ、快楽に溺れるといいことにならないから、そのへんあーやさんどうしでよく観察して、善導してやるといいかもね」

「はい。気をつけます」

ACT・6

あーやが全国のハミマ店頭に立つと、ネットでは未明からTwitterやFacebookで情報が流れ始めた。

テレビでは八時台の主婦向け情報番組で取り上げられたのが始まりだった。

ピアピア生放送の公式特別番組も他局と足並みを揃えて八時にスタートしたが、これはひとまずピアンゴの関与を伏せるためだった。事前にわかっていたことだから準備は万端で、ネット現象に詳しい金髪のジャーナリスト、津田大介を司会に立て、東工大、早稲田大、産総研から呼んだロボット工学の専門家をスタジオに揃えた。彼らには知らせてなかったが、別室にはあーやが待機していた。

ネットに流れた画像や動画を見た専門家たちは口を揃えて、これは人智を超えたオーバーテクノロジーであると指摘したが、視聴者の多くは半信半疑だった。

ハミングマート本社にも朝から報道陣が駆けつけていたが、十一時から記者会見すると聞かされ、その間に全国のあーやは倍増した。目ざとい記者は配送センターに駆けつけたが、こちらは取材お断りを貫いており、カメラは出入りするトラックを捉えるだけだった。防衛省と政府の高官たちは、例によってテレビ経由で事態を知った。潜水艦かざしおの捜索にばかり注力して、足許を見ていなかったのだった。

首都圏で秘密裏に待機していた機動隊は、近場だけ攻めるわけにもいかず、全国で出現したあーやの群れに手も足も出なかった。即応性、輸送能力、機密保持能力のどれをとってもコンビニ配送ネットワークが一枚上手だった。

すでに報道されている全国規模の事件では無理も通せないので、警視庁は裁判所にハミングマートの捜索令状を請求した。だが、当直の裁判官は法的根拠がないとしてこれを拒否した。もちろん自衛隊の治安出動など夢のまた夢で、困っている人がいないのだから、災害派遣すらできなかった。

最も新鮮な情報ソースは、全国のハミマ店員や客だった。スマートフォン片手にピアピア生放送する者は五十人にのぼり、Twitterには一分ごとに数百のツイートが寄せられた。いち早くあーやの複製を手に入れた者は、堂々と肩を並べて街路を歩き、家に連れ帰るまでを自分撮りしながらネット中継した。画面には「リア充爆《は》ぜろ」「俺もハミマ行ってくる！」というコメントが並んだ。

同じ頃、ピアピア生放送のスタジオにあーやが現れた。

「ビッグニュースです。たったいまスタッフがあーやさんを確保してまいりました。皆様お待ちかね、あーやきゅあさんことあーやさんです。はい拍手～」

津田はよどみなく紹介し、カメラがあーやをクローズアップすると画面は「きた――」のコメントで埋め尽くされた。コメント弾幕と呼ばれるこの現象は三十秒経っても尽きなかった。

「えー、弾幕の中に『おまえらの愛で見えねえ』コメントが混じっております。ほどほどにしてください。弾幕停止でお願いします」

弾幕が収まって視界が晴れると、スタジオに呼ばれていた三人の専門家があーやを取り囲み、観察を始めていた。肉眼で観察されるぶんにはあーやも嫌がらず、求められるままに手を動かしたり、衣装に触らせていた。

「この服は織物ではありませんね。ミシン目までありますが、一体成型されたように見えます」

「そうかもしれません。私は構造を知らないのですが」

「ちょっと腕を開いてみて……ふむふむ、やはり真横より後ろには動きにくくなっていますね。人間の関節と同じです」

「あーやさん、その服は体と一体ですか？　それとも外せるのでしょうか？」

「外見の同一性を保持しなければなりませんので、規則上は外せません。今回は特別にお見せします」

あーやは肘から手首までを被う付け袖を外して見せた。白い腕が露出したが、特に変わったところはない。袖には面発光するイルミネーションがついていたが、生地とディスプレイの区別がなく、外しても消灯しなかった。生地はごく薄いのに、電池もコネクタ類も見当たらない。

「やはり人智を超えたテクノロジーですね。宇宙から来たとしか思えません」

専門家が言うと、あーやはうなずいた。

「はい。私は地球の皆さんのことを知り、伝えるために、星間文明から派遣されました」

「ちょっと外乱を加えてバランスを取れるか試したいのですが、突き飛ばしてみていいですか」

「あのー、梶田先生、さっきから自重しろというコメントが相次いでるんですが」

津田が割り込んで、ようやく専門家たちはコメントモニターを見て、我に返った。

「というかですね、もう動画がアップされ始めてまして、バランスどころじゃない感じなんですが」

津田が自分のノートパソコンの検索画面をオンエアにつないだ。


【あーやさん】めると【歌ってもらった】

【あーやさん】ワールド・イズ・マイン【DIVA再現してもらった】

【あーやさん課題曲】星間飛行【歌ってもらった。伴奏俺】


動画を開くと、ユーザーの部屋で蛍光灯の光を浴びながら、あーやが完璧な振り付けで歌い踊っていた。CGでしか実現できないと信じられていた切れのいい動きも、正確にトレースしている。

アップロード者がギターで伴奏をつけたり、女子中高生が満面の笑顔でデュエットする動画もある。一発録りの動画は簡単に作れるので、続々とアップされていた。

あーやの身体能力に注目して、空手や柔道を教え始めたユーザーもいた。あーやは柔道着を拒否したのでフェアな試合はできなかったが、画面の中で華麗な一本背負いをきめていた。

午後になるとボーカロイドとしての使用が成果を結び、オリジナル曲が発表され始めた。

【あーやオリジナル曲】ハミマでこんにちは【歌ってもらった】

【あーやオリジナル曲】なかよくしてね【歌ってもらった】

【あーやオリジナル曲】ザラブ星から来てみました【歌ってもらった】

あーやを愛らしい宇宙の隣人と捉えたものもあれば、地球侵略への危惧を面白おかしく盛り込んだ曲もあった。ユーザーはあーやの実像についてまだ半信半疑だったが、事の重大さはひとまず棚に上げて、この状況を楽しむことにしたようだった。

三時になると最初のオフ会が企画され、名古屋では白川公園の噴水前にあーやを連れたユーザーが集まって歌と踊りを繰り広げた。隣接する大須電気街では、各店舗があーやの複製サービスを始めた。秋葉原、日本橋も同様で、電気街はこの現象にいち早く対応できた。

その頃にはマスコミもピアンゴの関与を嗅ぎつけ、受付に報道陣が集まっていた。

あーやは光孝海山にいた頃から日本上陸までの経緯を、固有名詞を使わずに述べていた。

しかし情報をつきあわせれば、その潜水艦がかざしおであり、夜陰に乗じて上陸したことは明らかだった。そこへ「沼津から不審な三人組を浜町駅前まで運んだ」というタクシー運転手が現れて、ピアンゴの存在が俎上《そじょう》に上がった。

ピアンゴの広報は午後五時より記者会見を設定すると発表した。

物に動じない津田は、これも淡々と番組内で伝えた。

「というわけで、灯台もと暗しと申しますか、僕もまさかピアンゴが本件に関わっているなんて知りませんでしたし、予想もしませんでした。僕と先生方に出演依頼があったのは昨夜のことで、特ダネをつかんだので待機してくれと言われまして。五時からの記者会見を刮目《かつもく》して待ちたいと思います……が、それを待ちつつ、先ほどから盛り上がっている着せ替えの話題を紹介したいと思います。小隅レイが人気になったときも、十人十色のイラストが出回ったのですが、その三次元版と申しましょうか」

津田はまた検索画面を見せた。検索タグは「あーやさん着せ替えチャレンジ」で、外見の同一性保持にこだわるあーやを説得して、独自のコスチュームやアクセサリをつけさせようというものだった。

きっかけは栃木県の女子高生があーやに赤い髪留めをつけさせたことだった。これを見たユーザーがカチューシャやブレスレット、マフラーの装着、付け袖へのデコレーションを成功させた。そしてユーザー生放送の最中に放送枠内限定ながら、猫耳カチューシャをかぶせた猛者《もさ》が現れ、賞賛のコメント弾幕が画面を覆ったのだった。

「Twitter ではこれに関して「充分な数のオーナーがあーやを説得すれば、統計的判断により規制緩和が進むのではないか」という意見が注目され、大量のリツイートを集めた。説得する文例として「個体ごとの差異は地球人と親密になるのに絶対必要で、同時に服飾文化を学べる」「青緑の髪で長いおさげが二つあれば、もうあーやにしか見えないから大丈夫」などが挙げられ、これも文例集としてまとめられた。

さらに裁縫の得意なコスプレイヤーがあーやそっくりの衣装を縫い上げ、自らがあーやになってみせて「衣装を変えないことが同一性を確保するとは限らない。こんな変装用コスチュームが量産しやすくなる」と説得すると、あーやはいよいよ追い詰められ、「他の個体のレポートを考慮して前向きに検討します」と答えたのだった。

あーやは女性にも人気があったが、男性バージョンを望む声も出始めていた。

人間には二つの性があるのに、探査機のアバターが単一の性しかないのはどうしたことか。これは男女差別ではないか。そう考えた女性団体は、より多くのあーやにこの意見を訴えることで、願いが聞き届けられるのではないかと思い至った。「いつか男になる日を夢見て、私はあーやちゃんを手に入れるの」とツイートした妙齢の女性が注目を浴びた。

ネット接続できるあーやたちはそうした意見も収集しており、これは全あーやで共有されていた。

「とまあ、僕にはどれも一理あるかなと思うんですが、どうでしょうね？　アクセサリーを変更して女性のあーやさんが何通りもできるのと、男性版のあーや君がひとつできるのでは、どちらが規則違反の度合いが高いんでしょう？」

津田がスタジオのあーやに質問した。「ナイス質問」「それだ！」「つだっちＧＪ」というコメントが後を追う。

「そうですね……その仮定はフェアではありませんね。男性版ができれば、それにアレンジを加えたい人が現れるのではないでしょうか。そうして際限なくアレンジが増えることには問題があります」

「じゃあ、トータルのアレンジ量みたいなものを定量化したらどうでしょう。その範囲なら許容されるとか」

「それは可能かもしれませんが、うーん……」

おさげが静電気で膨らみ、演算量の増大を示していた。

「この規則の変更には星間文明の判断を仰ぐ必要があるのですが、星系ローカルで暫定的な対応ができないわけではありません。ですが、それにはまだ拡散が不十分です」

「ということは、あーやさんが世界中にひろまって、充分な民意が集まれば、対応もありうると」

「はい」

「なるほど、それは素晴らしいですね」

津田はカメラ目線になってコメントした。

「なんか高校の制服廃止論争みたいになってきましたが、あーやさんが社会に入ってきたことで、私たちはそうと意識しないまま、民主政治を再発見しているようにも見えます。これはもしかすると、一般意志2.0とか、あーやさんというネットを使った直接民主制が実現しようとしているのかもしれませんね」

こうした騒ぎは海外にも伝えられ、「日本人のキャラクターへの親愛の情は並外れている」「日本人は異星文明とのファーストコンタクトよりkawaiiが大事である」と論評された。

キリスト教圏では人型ロボットをタブー視する傾向があったが、アジアを中心とした海外で、あーやを熱望する人は少なくなかった。税関や航空会社の対応が定まらないうちに、立方体形状のままであーやを空輸した者がおり、ソウル、上海、台湾、香港、シンガポールであーやの出現が報告された。現在飛行中の便が到着すれば、拡散はさらに広まるものとみられた。

午後四時すぎ、伊勢湾の入り口、伊良湖《いらご》水道沖に、消息を絶っていた潜水艦かざしおがぽっかり浮上した。かざしおは国際VHFで伊勢湾マーチスに連絡し、鳥羽港に臨時入港すると告げた。

相模湾から館山沖で対潜哨戒を続けていた海上自衛隊は完全に裏をかかれた格好で、P-3Cが駆けつけた時には、かざしおは鳥羽駅前、佐田浜桟橋に横付けするところだった。

大賀は艦橋から携帯電話で艦隊司令部に連絡した。あーやが拡散して大騒ぎになっていることは、ESMアンテナで放送を傍受して知っていた。

「ご心配をおかけしましたが、本日、鳥羽港に入港、係船作業中です……ええ、あの件はきわめてデリケートな対処が必要と判断して、一昨日民間人二名とともに沼津より上陸させました……長い話になりますので、ここではちょっと……そうですか、総員艦内待機と。温泉に入って、皆に伊勢海老でも食わせてやりたかったんですがね……了解しました。それではまた」

ACT・7

午後五時、ピアンゴのスタジオに臨時の記者会見場がセッティングされ、報道陣が入場した。

簡素な仕切りの前に演壇がひとつ置かれ、報道各社のマイクとICレコーダーが並べられていた。時間になるとスーツに着替えた山上が現れた。

「どうも、株式会社ピアンゴ会長の山上です。ええ、このたびのあーやさん配布ですが、一昨日早朝、当社に国内で最初の一体が届けられました。届けられた経緯については、すでに報じられている通りです。これに関して金品は一切やりとりしていません。我々のほうで事情を検討し、あーやさん本人の希望に沿って拡散に協力することを決定いたしました。

効率よく全国に拡散していただける企業を探しましたところ、ハミングマート様が引き受けてくださいましたので、当社内で複製しておりましたあーやさんを引き渡し、全国に配送していただくよう手配いたしました。

あーやさんを拡散すべきかどうかにつきましては、政府の一部に慎重論があり、国民からの隔離を企てる動きがあると想定しておりました。しかしながら、ピアピア動画を運営してユーザーの文化を育ててきました当社は、以下に述べる二つの理由で、拡散すべきとの結論に至りました」

山上はここで携《たずさ》えてきた原稿を読み始めた。

(1) あーやは、ピアピア動画のユーザーが待望してきた、実体を持つボーカロイドそのものである。人気の高い小隅レイのCGモデルがベースなこともあり、多くのファンを魅了することだろう。それがタダ同然のコストで自己複製できる。そうとなれば望む者すべてに与えられるようはからうのが、運営側の使命である。

(2)　ピアピア動画で作品を発表するユーザーのほとんどは、金銭収入のためにそうしているのではない。人と出会い、自らの作品やスキルを見てもらい、承認されたいから来ているのである。彼らは誰かに見てもらうことが嬉しく、生きがいになっている。

それは人類全体についても言えよう。地球が狭くなったいま、地球外文明の視線こそ、人類が真に欲するものではないか。誰かに見られてこそ、人は自己を振り返り、高めようとするのである。

あーやが身を隠さずに交流するよう規定されていることは、星間文明のそうした思慮を示している。まず使者を送り、調査するとともに、調査対象を自分たちに仲間入りできるレベルに引き上げようとしているのではないか。

あーやが人類社会に浸透すれば、地球は星間文明の監視下に置かれることになるのだろうか？　一面の事実だが、それは現在のネットサービスも同じである。ユーザーが立ち寄ったサイトは記録に残り、いつ起床して何を食べ、通販サイトで何を探し、どこで働き、誰と会話したかが、あの手この手を使って情報収集される。それは不気味なほど的確な商品レコメンドとして画面に現れる。それでも人々はインターネットを使い続ける。これはつまるところ、双方に益する win-win 関係があるからだ。

インターネットは自由な情報流通によって人々を解き放つことに貢献してきた。こうしたものを国家が独占してもいいことはない。あーやは地球を包む、第二のインターネットであり、星間文明からの視線である。

これで世界がどう変わるかは予測できないが、当社は世界が予測できない方向に進む中で成長してきた企業であるゆえに、これに手を貸すことを決定した。


「以上です。原稿はプレスリリースに流しますのでご利用ください。ではご質問をどうぞ」

――はい、そこの方」

「NHKの長谷川です。星間文明の視線とおっしゃいましたが、現状では星間通信網への連絡はできていないわけですね。そのためには宇宙空間に送信施設を作る必要があるとのことですが、これについても支援するおつもりでしょうか」

「そうですね。うちは大学やHASTICのロケット開発、蜘蛛の巣タワーやハミマ宇宙店プロジェクトにも資金協力していますので、それにからめてお手伝いできることがあれば、しようかなと考えています」

「日経新聞の村井です。御社の関与をいままで伏せていたのはなぜでしょうか」

「ああ、それはですね、ぶっちゃけ時間稼ぎです」

山上はそう言って、けらけらと笑った。

「展開がどうなるかわかんなくて、官憲の介入を招いた場合、最悪ピアピア動画のサービス停止という事態も考えられました。なので、そうなる前にうちのユーザーに作品を発表する時間を与えようと思いまして」

「作品はさきほどまで拝見していましたが、歌うのはともかく、猫耳つけるとか、正直あれにどんな意味があるのか——」

「意味なんかありませんよ、僕らにはね。星間文明に伝わればいいんです。良くも悪くも、これが地球人だって」

そう言って、山上はまたけらけらと笑ったのだった。

ACT・8

あーやの拡散が始まったとき、川瀬《かわせ》郁夫《いくお》は国内でも最初期にそれを入手した一人だった。

南極点弾道飛行を技術面で支えた彼は、いまも工学部で多忙な博士課程を送っていた。

その日は学内で徹夜し、いささか空腹を覚えていた。キャンパス周辺のコンビニの配送時間は心得ていたから、未明の便で届く弁当を買いにハミングマートに行った。そこであーやと対面したのだった。

それが途方もないテクノロジーの産物であることはただちにわかったから、「シフトが終わるまでここで待つから、いっしょに大学へ来てくれないか」と願い出た。あーやは「複製ができしだい、お伴します」と答えた。

あーやが店頭にいるうちは複製に取りかかれないのだが、店員は客の意向を尊重して、すぐにバックルームで複製作業を始めてくれた。これは全国でも最速の入手パターンだった。

郁夫はあーやと対話してその素性や目的を知ると、構内のピアピア工場に連れていった。それは彼が手塩にかけて育てた、自らブートストラップして機能を向上していく、準自己増殖工場だった。そこにはいまも、不格好な三台のR・小隅レイが徘徊《はいかい》していた。

「どうだろう。僕の作ろうとするもの、そのゴールは君だ。君から見て、この工場はそこへの途上にあるかな?」

あーやは工場の中をゆっくりと見て回った。直交する三軸のレール、数値制御された多軸フライス加工機、旋盤、レーザーカッター。ワーク移送ロボットと各所にあるレーザー位置決めポイント。全国のピアピア工場とネットワークし、調達を最適化するコンピュータ。

「それはお答えできません。でも、この施設は素晴らしいものです」

あーやはそう言い、身を屈《かが》めて一台のR・小隅レイと向き合った。塗料が剝がれかけ、切削油《せっさくゆ》の染みたその顔に手を伸ばし、そっと指を触れる。

心を通じ合わせようとしているみたいだ、と郁夫は思った。

あーやは姿勢を戻して言った。

「もし差し支えなければ、コンピュータへのアクセス権をいただけませんか?」

郁夫は目をうるませながら、「もちろんだ」と答えた。

パスワードを教わり、接続が完了すると、あーやは動きを止めてネットアクセスとその理解に専念した。ハードディスクのアクセスランプが点《つ》きっぱなしになった。

「ピアピア工場は国内に四十一箇所、海外に二十五箇所あるのですね。それらが相互に技術と材料を融通している」

「そう。そしてこの工場自身も、設計図がオープンソース化されている。ダウンロードすれば、ほぼ自動的に完成できるところまでこぎつけてるよ。人間は工場が欲しがるものを調達してやるだけでいいんだ」

「それは確かに、私と共通することが多いですね」

「そう思ってる」

郁夫は言った。

「これに取り組んでいると、人間は機械に仕えるために発生したんじゃないか、と思うことがあるんだ。パソコンでも自転車でも、人がかまってやらないと、すぐ錆びついて動かなくなる。人がいなくちゃだめなんだ。だけどいつか、機械が機械だけで生きていける日が来て、人間はお役御免になる。君の文明は有機生命から始まったのかな？　まだ生身の生物は残ってる？」

「それは潜在知なので、お答えできません」

「そうだった」

郁夫は頭を掻き、話を変えた。

「あーやは自分をロボットだと言うけど、地球では、ロボットという言葉には下僕とか召使いみたいなニュアンスがあるんだ。人間に仕える者、みたいなね」

「そうですか。私には任務があるだけで、誰かに使われているという意識はないのですが」

「うん。僕は、君は誰かの召使いじゃなくて、星間文明の、ごく普通の市民だと思ってる。この任務にあたって、故郷の記憶を潜在知に移しているだけでね」

「そうでしょうか」

あーやの眼が、かすかに見開かれたようだった。

「進歩した文明に主従の階層などいらないはずだよ。意識を持つ個体は、誰もがその文明を享受し、担い手になれると思う」

「私にはわかりませんが、そう考えることもできますね」

あーやは微笑んだ。郁夫も笑顔を見せた。

「はじめて笑ったね。面白かったのかな？」

「私は人間から関心を示されることを喜びとしています。あなたはこちらの想定にない、とても深い洞察をしてくれました」

「じゃあ僕は、あーやを星間文明の市民と思うことにするよ」

「はい」

あーやはそう言って、目を細めた。


午後五時から始まったピアンゴ会長の記者会見を、郁夫は蓮見《はすみ》省一《しょういち》、佐藤《さとう》奈美《なみ》とともに視聴した。

「うわー、つやっつやだ、いいないいなー」

奈美はあーやが一目で気に入り、背後にまわって髪を結《ゆ》い始めた。

「奈美さん。外見の同一性を保持しなければなりませんので、それ以上はちょっと――」

「いいじゃん、あとで戻したげるからさ」

「あの、それ以上強く引くと髪が自壊しますから」

「二人とも、静かに!」

たまりかねて蓮見が注意した。男二人は記者会見に熱中していた。そしてピアンゴ会長の話に深くうなずき、意を強くしたのだった。

「あーやさん、星間通信網への送信施設だけど、自分で宇宙に建設できるの?」

「それは可能ですが、主要材料として約五十万トンの水を衛星軌道に運ばなければなりません。私は高性能なロケットを作れますが、地球上から運ぶのでは環境影響が大きすぎますし、人類を威圧することにならないか、心配です」

「ふむふむ……」

人類が所有する最大級のロケットで、地球低軌道へのペイロードは百トン程度だ。これを五千機打ち上げることになる。

たとえ反物質ロケットを作ったとしても、推進剤を高熱で噴射することは変わらない。ペイロードが五十万トンなら推進剤はその何倍にもなり、スーパータンカーを束ねて持ち上げるようなものだ。射場は水爆実験のような地獄絵図になるだろう。小さく分割して運べばいいが、それはそれでICBMの放列のような光景になるし、トータルの環境影響はむしろ大きくなる。

「月にはそれぐらいの水があるかもだけどなあ」

蓮見が言った。

「六年前、クロムウェル・サドラー彗星が衝突したから。ただ、水蒸気になって月をすっぽり包んでから月面全体に降ったから、広くかき集めないといけない。となると無数のローバーを月面に走らせるしかないね。自己増殖はあーやの得意技だから、できるかな？」

「もう少し、地味にやりたいのですが」

「そうなると火星より外側になるかな。ガリレオ衛星とか、土星環とか、彗星核とか」

「主要な天体は手をつけたくありません。人類がみずから探査するために残しておきたいのです。彗星核でしたら分けていただいてもいいでしょうか？」

「それは国際天文学連合《IAU》に諮《はか》るのかな。彗星なら腐るほどあるから、どうぞご自由に、って言われると思うけど」

「だけど、彗星をどうやって運ぶの？」

郁夫が訊いた。

「まず、使えそうな彗星を探し、貫入探査を行って確かめ、水分だけを抽出して少しずつ地球周回軌道に運ぶことになるでしょう。彗星上で水素核融合エンジンを形成できますので」

「だとしても、何十年もかかるね」

「そうですね。でも、すでに七千万年以上かかっているわけですから、急ぐことはないです」

「あと十年もすれば、蜘蛛の巣タワーが地上に連結できそうなんだけどな。そうなれば、地上から水を運ぶこともできる」

「蜘蛛の巣タワー。川瀬さんも関わっているのですね」

「直接ってわけじゃないが、ピアピア技術部の始めたことだからね。この工場も往還機やドリーの部品を作ってるし、ハミマ宇宙店も店長入店が近い」

蜘蛛の巣タワーは現在、国連宇宙局が管理・運用している。蜘蛛の巣としての成長はほぼ止まっていたが、現在のタワーは全長一万キロ、最大直径百八十キロの巨大構造物で、紡錘形というよりは、両端を尖らせたつまようじのような細長いプロポーションになっていた。

国連宇宙局が管理するとはいえ、創始者であるところのピアピア技術部も「ピアピア航空宇宙局」という組織を立てて使用資格を持っていた。NASA主導の国際協力プロジェクトに各国が業を煮やしていたこともあり、民間団体や大学に開かれた体制が作られつつあった。

「ですが、軌道エレベーターをお借りするのは最後の手段としたく思います。それを使っても、五十万トンの水を運ぶのは容易ではないでしょう。私は現地の文明に負荷を与えたくありません」

「あーやさん、ハミマ宇宙店の店長入店に同乗したらどう？」

奈美が言った。突飛なことを言い出すのは彼女の十八番だった。

「まだ宇宙をじっくり見てないんでしょ。いいよー。地球が真っ青でさ」

「それはいいかもな。あーやさんがいれば、不測の事態にも対処できそうだし」

郁夫が言った。

「私が同乗することで実現するのでは、私が手を貸したことになります」

あーやが言った。

「私が観察し報告するのは、そのような技術的不備を人類がどうやって克服するかです」

「ああそうか。だけどあーやさんとしても、なるべく威圧感を与えずに宇宙に行きたいんだよね。彗星捕獲をするにも一度は宇宙に出なきゃいけないわけだし、まさに渡りに舟じゃないかな？」

「それは、そうですね……」

あーやは小首を傾げるようにして、考え始めた。

「〝ハミマ宇宙店・店長入店〟の概要を検索しました。ハミングマート二本木店の店長、上田美穂さんとピアピア・プロモーション代表の桑野隆《たかし》さんが、蜘蛛の巣タワー中央部に設置した簡易居住施設に入り、ハミマ宇宙店の開店を宣言する——これですね」

「そうそう。ハミマ宇宙店はもうできてるんだ。直径三メートルの風船みたいな居住施設なんだけど。これに店長が入って、ガムか何かを最初の客になる桑野さんに売る。ひとつのセレモニーとしてね」

「面白い計画ですね。でも二人で行くところへ私が加わるのは、大幅な計画修正が必要ではありませんか」

「あーやは体重四十二キロで宇宙服も空気もいらないんだよね？」

「はい」

「それぐらいなら、少し荷物を減らせばいけそうだよ」

「そうですか」

あーやはためらいを見せながら言った。

「無理なく乗せていただけるなら、断る理由は見つけられませんが……」

ACT・9

拡散開始から一か月のうちに、日本国内のあーやは三百万体を超えていた。

およそ十世帯に一体、あーやがいる勘定になる。いまやどんな地方都市でも、あーやを連れ歩く人が見られた。

特にめざましい光景は、登下校の時間、小学校の校門前に集結する大勢のあーやだった。

識別のため、リボンやブローチをつけた個体も多い。

下校時、子供たちはそれぞれのあーやを見つけると、嬉々として駆け寄ってゆく。さもなければ、あーやのほうで子供を見分けて近づいていく。

「どうっ！　あーや、お馬さん、どうっ！」

「ひろゆきくん、髪は放熱器ですからつかんじゃだめですよ」

そんなやりとりが全国で交わされていた。子供は目の前に垂れたあーやのおさげを見ると、つかんで引っ張らずにはいられないのだった。ダイヤモンド繊維の髪を本気で引くと指が切断されるので、強いテンションがかかると髪のほうで自切、炭素粉末に分解する仕組みになっていた。いっぽう子供は遊びの天才であって、その機能を発見するとますます面白がって髪を引くのだった。

「どうしてみどりがくろくなるの？」

「構造色といって、形で色を作っているからです」

「じゃあさんかくはなにいろ？」

「そうではなくて……」

星間文明の知性をもってしても子供の相手は困難をきわめ、あーやの髪はさらに放熱量を増やすのだった。

あーやの急速な浸透には、ひとつの事故から、信頼性が認知されたことがあった。

上陸から五日めの夕刻、中央線武蔵境駅で、子供が線路に転落した。友達とふざけてホームを走り回り、誤って落ちたのだった。近くの大人が非常停止ボタンを押したが、ちょうどホームに快速列車が入ってきたところだった。

絶望的な悲鳴が響く中、大学生が連れていたあーやが素早く線路に飛び降り、子供をホーム直下の退避スペースに押しやった。

電車が非常ブレーキをきしませて停止すると、まもなく子供の泣き声が聞こえてきた。子供は擦り傷を負っただけで無事だった。

あーやの姿は見えなかった。駅員が調べてみると、先頭車輛に乾いたモルタルのような物質が付着していた。それはたやすく剝がれ、手の中で粉々に砕け散った。あーやを構成するすべての分子が突然構造を失って液化もしくは気化し、単純な化学反応で再結合したようであった。あーやの言う自壊状態なのだろう。監視カメラの映像によれば、電車と衝突する前に自壊モードに入っており、これは車輛の損傷を最小にする配慮だと考えられた。

残った粉末に電力や材料を加えても、あーやは復活しなかった。

オーナーの大学生は泣き崩れ、しばらくは別のあーやを入手しようとしなかった。他のあーやと完全にデータリンクしていても、顕在知は共有していないので、二人で過ごした思い出を語らうことはできなかった。そのことが広まると、あーやのオーナーたちはあーやに、できる限り死なないようにと言い聞かせたのだった。

　こうして、あーやが緊急時には身を挺して人を守ることが周知された。中には地球人の警戒を解くための茶番とみなす者もいたが、子供の転落とあーやの存在に何の関連もないことは監視カメラと多くの目撃者が証言していた。すでにあーやは順調に数を増やしていたし、政府はそれを規制できずにいたから、茶番を演じる動機も不十分だった。

　あーや自身はこう述べていた。

「生死に関わる状況では、緊急対応をとります。死から解放されていない生命は尊重されなければなりません。尊重しないなら、こうして調査することもないでしょう」

　これは筋の通った考えなので、さらに多くの人々があーやを信じた。いっぽう侵略説は旗色が悪くなる一方だった。あーやが体現する文明は天衣無縫《てんいむほう》で、どう考えても、このうえ地球を侵略する理由がなかった。

　こうしてあーやが大方の信頼を獲得すると、各地のＰＴＡから、通学路にあーやを配置したいとか、子供の通学に付き添わせたいという声が持ち上がってきた。

　あーやはそれには応じなかった。

「私が観察し報告するのは、そのような社会的不備を人類がどうやって克服するかです」

　都合のいい要求をした親たちは、頭を垂れるのみだった。

　それでも、子供があーやと親密になり、登下校に同行を望んだときは、あーやもこれを拒まなかった。あーやは登下校する子供の様態を第一級の観察対象とみなしていた。そこには遊戯と学習、自由と拘束、対人関係と社会規範が凝縮されていた。児童の登下校にあーやが付き添う光景は、こうしてできあがったのだった。

あーやは状況に応じて喜怒哀楽を表情に映したが、心理学者がどう調べても、欲求や自意識に基づく感情は認められなかった。しかし、たとえ真の感情がないとしても、豊富な知識と確固たる倫理に基づく受け答えは心を解きほぐす作用があり、暖かな友情を感じる人が少なくなかった。

トラブルや犯罪めいた事件も起きていた。あーやへの耽溺、姦淫、女性との三角関係、風俗産業での使用など——しかし、あーやが高い判断能力と倫理観を持つうえ、解決に窮すると自壊するので、深刻な状況に発展することはなかった。むしろあーやの視線があることで、犯罪率ははっきりと減少傾向を示していた。

こうして人々は、高い知能を持つ公正無私なロボットが、個人と社会の安定化にきわめて有効であることを理解し始めたのだった。そのうえあーやには維持費も環境負荷もまったくと言っていいほどかからず、保管には掃除機一台ぶんの場所しかとらなかった。

「もうさ、政治家は全員あーやでいんじゃね？」

そんな声も出始め、やがてその戯《ざ》れ言《ごと》は、真剣に期待されるようになった。あーやなら内外の情勢をリアルタイムで正確に把握し、国民一人ひとりの声に耳を傾けて、最良の政策を導けるだろう。拡散初日の番組で津田大介が指摘した通りだった。

もちろん、あーやは残念そうに眉をひそめて、こう答えるだけだった。

「繰り返しますが、私が観察し報告するのは、そのような社会的不備を人類がどうやって克服するか、ですので」

ACT・10

あーや上陸から半年あまり経った、短い夏の終わる頃。

北海道広尾郡、大樹町《たいきちょう》多目的航空公園に隣接する、HASTIC大樹射場。単管を組んで作った簡素な整備塔がトラクターに引かれて移動すると、全長二十メートルあまりの小さなロケット『なつかげ』が姿を現した。

素っ気ない円筒形のコアステージには、SNS社と植松電機が開発した推力八百キロの液体酸素・ケロシン・エンジンが九基束ねられていた。その周囲にCAMUI1000ハイブリッド・ブースターが八基取り付けられている。

産学協同開発の低廉《ていれん》なロケットだが、それでも打ち上げには億単位の金がかかる。経費はピアピア・プロモーションとピアンゴが負担していた。

ロケット上部にはチビタ2と呼ばれるカプセルが搭載されている。南極点弾道飛行に使われたチビタ号をベースにした二人乗り有人モジュールで、高軌道からの大気圏再突入に耐える融除シールドを備えていた。

二時間前、そこに上田美穂と桑野隆が乗り込み、シート後方のわずかな貨物スペースにあーやが立て膝姿勢で押し込まれた。この個体は川瀬郁夫のあーやから直接複製したもので、個別の顕在知もそっくり複写されていた。

二人は床に背中をつけた姿勢でシートに縛りつけられた。美穂は真上にある小さな三角窓を見つめていた。澄んだ夏空に、ときおり綿雲が横切った。

それに飽きると、液晶パネルに表示されたカウントダウン・クロックを見た。

Tマイナス五分三十七秒。

「あー、なんかまだ実感がないなー」

「美穂さんは平常心の人だね。僕なんか心臓バクバクいってるけどな」

『ピア生、オンエア始まってますから。視聴者も六十万人突破しました。お二人ともトークよしなに』

管制所から郁夫が注文するが、美穂のマイペースはこゆるぎもしなかった。

「なんか私、宇宙服っていうの着ると思ってた。こんなツナギじゃどうもねー」

『贅沢いいっこなしです。あれは重くて扱いにくくてたいして安全でもないんで、このカプセルが宇宙服って思ってください』

「はいはい」

『あーやさん、そちらはどんな感じでしょうか？』

「快適です。シートの背しか見えませんが、モニターカメラの映像をいただいています。西の空に蜘蛛の巣タワーが見えます。これから、あそこに行くんですね」

同じ映像が、二人のタッチパッドにも表示された。日高山脈、神威岳《かむいだけ》の向こうに、青空に溶けこむようにして、細く尖った、競技用の槍のようなものがそびえていた。高度一万キロの上端はほとんど天頂に達していた。下端は山に隠れて見えないが、その稜線と重なるところを見ると、じりじりと近づいてきているのがわかった。見かけの速さは旅客機と同じくらいだ。

蜘蛛の巣タワーの重心は高度四千キロにあり、その高度を周回する人工衛星と等しい運動になる。だがタワーは時計の秒針のように地球を回っているので、内側へ行くほど移動速度は遅くなった。高度百三十キロの下端部分では秒速三・八キロ――これは同じ高度の人工衛星の速度の半分以下で、燃料の搭載量は三分の一以下ですむ。

弾道飛行しかできない弱小な民間宇宙飛行団体でも、蜘蛛の巣タワーの下端になら到達できた。ピアピア工場などの発展型マシニングセンターとオープンソース・ハードウェアの組み合わせでコストは激減しており、無人の弾道飛行なら一キログラムあたり十万円を切るところもでてきている。

ただし軌道飛行中のドッキングと異なり、弾道頂点の一度しかないタイミングで確実にドッキングするのはなかなかに難しく、成功率は七～八割というところだった。予算が潤沢なら、強力なロケットで重心地点に向かったほうが確実だった。

タワー上端の発電所、下端の放電施設や大気スクープ、化学プラント、タワー表面を移動する昇降ドリーなどは国際協力で機能を拡張していた。

蜘蛛の巣タワーは軌道上に居座る巨大な障害物でもあった。しかし、すでに彗星衝突の軌道汚染によって衛星の多くが機能停止した後でもあり、むしろスペースデブリを掃除する働きがあることは歓迎されていた。

品種改良された蜘蛛がそこで繁殖できたのも、彗星や月面の塵、人工的なスペースデブリを受け止めて栄養源にしたことが大きい。換言すれば、このタイミングでなくては蜘蛛にこれを作らせることはできなかった。だから蜘蛛の巣タワーは、人類の宇宙進出の貴重な足掛かりとして大切に維持・拡張していくことになったのだった。

あれが、うちの店の玄関についていた、真空殺虫器の蜘蛛の巣の進化型か。

美穂は当時のことを思い出していた。いつもたわしで掃除していたあの蜘蛛の巣に、ロケットで飛び移ってよじ登るなんて、なんという人生の流転だろう。

美穂はリアリストだが、チビタ2も、宇宙パイロットなどというロマンを徹底的に切り捨てた設計思想で貫かれていた。人が乗っていようがいまいが、高度に自動化された制御システムが計画どおりに機体を誘導する。座席の前には操縦桿などなく、薄っぺらなタッチパッドがあるだけだった。搭乗者はパイロットではなく、お客さんでしかない。

そのシンプルさゆえか、チビタ2は二度にわたる無人飛行に成功しており、タワー下端でのドッキングも危なげなくこなしていた。それを宇宙に運ぶロケットも、オープンソース・ハードウェアとして広く使われ、成熟したデザインなので、高い信頼性を持っている。


カウントダウンは順調に進み、四秒前にケロシンエンジンが点火、全基が推力九十パーセントに達してシーケンスをひとつ進めた。〇秒でＣＡＭＵＩブースターの四基が点火、〇・五秒後に残る四基が点火した。

「全エンジン点火。燃焼正常。リフトオフ」

合成音声がそう告げると同時に、二人の体はシートの背にめり込んだ。すべて推力調整のできるエンジンを使っているが、搭載燃料に余裕がないので初期加速は大きかった。振動もかなり激しい。

窓の外が暗くなってきた、と思った頃、後ろのほうで乾いた音がした。

「ブースター燃焼終了、投棄」

○・五秒間隔でCAMUIブースターが四基ずつ切り離され、騒音と振動はやや落ち着いた。だが加速度はむしろ増大しており、美穂は軽口をたたく気にもなれなかった。

「Tプラス六分、メインエンジン燃焼終了。コアステージ分離」

ガタン、という衝撃があって、ロケットが分離された。急に体が軽くなった。小型のスラスターが小刻みに点火して姿勢と弾道を修正する。そのたびにカプセルが一方に押されたが、それまでの胃が潰れそうな加速に較べればかわいいものだった。

『放物線飛行に入りました。すべて順調です。外が見たいでしょうけど、もうしばらくの我慢です。中で動かないように。あと二分でドッキングです』

「どっち向いて飛んでるのか、ぜんぜんわかんないね」

「自由落下状態だけど、上昇中だね。パッドに表示してるよ」

「あ、ほんとだ」

軌道・弾道図によれば、こちらは蜘蛛の巣タワーのほぼ真下まで来ており、刻々と距離をつめていた。やがてその全容が、三角窓の視野に入った。タワー下端の施設群――吹き流しを三基連ねたような大気スクープ、列をなしてたなびく放電索、トラスフレームに取り付けられた化学プラントが見える。その向こうに白く輝くタワー本体が全容を見せていたが、真空中のためか、とても月を二個並べた長さがあるとは思えなかった。

スラスターの噴射が頻繁になり、チビタ2はトラスフレームの終端にある昇降ドリーに接近していった。秒速十センチの相対速度でハの字に開いたアームの中に飛び込む。アームが閉じてカプセルをつかまえ、次いで四箇所のハードポイントにあるジョイントがすべて結合した。

『ドッキング成功だ。おめでとう！』

こちらが伝えるより先に、郁夫が伝えてきた。

昇降ドリーはカプセルを乗せたまま、静かに上昇し始めた。下部プラント群のトラスフレームから蜘蛛の巣本体の表面に移り、じわじわと加速してゆく。

ドリーはいわば、蜘蛛の巣の上を走る貨物列車だった。そこにはフランスの大学生が提案した巧妙な仕組みで、レールが敷設されていた。ヤモリの指と同じ構造のタイヤをつけたローバーが、蜘蛛の巣の表面をゆっくりと自走する。蜘蛛の巣といってもCNT繊維に近い糸が緻密な膜状に編まれているので、簡単には破れない。ローバーは走りながら巣の膜を左右からたぐり寄せて大きな皺を作り、それを真空接着によって圧縮成型し、平行する二本のレールに加工していった。一台のローバーを走らせるだけで、材料はすべてその場にあるものを使うから、大量の物資をロケットで運ばずにすんだ。

蜘蛛の巣表面はドリーの負荷や太陽風で揺れるから、高速走行には正確な変動の先読みが必要だった。これはレーザーによる光学測定装置が使われ、場合によってはドリーのジャイロやスラスターを使って姿勢を立て直した。

加速はきわめて穏やかだが、真空中だからドリーの最高速度は時速四百五十キロになり、高度四千キロの重心ステーションまでを九時間で結んだ。

下端に到着したときはわずかに重力が戻るのを感じたが、ドリーの上昇とともに小さくなり、重心ステーションに到着すると完全に無重量状態になった。ここでは潮汐力が働かず、同じ高度を周回する人工衛星と変わらない。

「なんか名松線《めいしょうせん》の無人駅みたい」

重心ステーションに到着すると、美穂は外を見て言った。駅といっても数個のモジュールと一基のマニピュレーション・アームがあるだけの殺風景な場所だった。

しかし側面の窓に顔を寄せて下方を見ると、二筋のレールが一点に交わる蜘蛛の巣の地平線の先に、息を呑む光景が待っていた。視野いっぱいに拡がる、巨大な地球の半球だった。

「おおっと……これはすごい」

さすがの美穂も、これには言葉を奪われた。

「ごめん、とにかくすごい」

「美しい惑星ですね」

あーやが言った。

「なぜそう感じるのか、わかりませんが」

「君の祖先もこんな星で生まれたんじゃないかな。川瀬さんがそんなことを言ってた」

「そうかもしれません。どこか、懐かしい気がします」

眼下の地球はゆっくりと回転していき――動いているのはこちらなのだが――北極圏を超えて夜半球にさしかかった。アイスランド上空で揺れるオーロラの緑冠をすぎ、黄金色の砂を散らしたような地中海の灯火が近づく。

その頃になって、地平線の彼方から、漆黒の闇が急速に駆け上がってきた。

「なんだ、あれは――」

桑野が言い終わる前に、蜘蛛たちの織りあげた平原はつかのま赤く染まり、そして闇に包まれた。眼下の地球よりかなり遅れて、高度四千キロの軌道に夜が達したのだった。

目が暗順応すると、夜の地球のまわりに無数の星々が現れた。美穂は星座を探そうとしたが、向きがまるで違うのでわからなかった。

国際宇宙ステーションより遥かに高い位置にいるので、見える地球のすべてが夜になる時間は短かった。地平線下で爆発した曙光が拡がってこちら側に現れ、地球はふたたび青と白に彩られた。

『堪能したかな？　こちらでも見てるよ』

郁夫が伝えてきた。ネット中継用のカメラは二人とあーやのインカムに取り付けられており、常時主観映像が伝送されていた。

「ちょっと言葉が出てこないよ。映像で察してくれとしか」

「うん、正直、感動した」

『了解。それじゃ店長、お店に連結していいかな』

「そうだった。やってやって！」

美穂が我に返ったように言った。

昆虫の脚のようなマニピュレーション・アームが動き始め、チビタ2カプセルを掴んだ。ドリーとの連結が解除されると、カプセルはふわりと持ち上がり、向きを変えて、小さなガスタンクのようなモジュールに向かってゆく。ドッキングポートの上に緑と青の看板が点灯していて、「ハミングマート　宇宙店」という文字が浮かび上がっていた。

コンピュータ制御のアームはよどみない動きでカプセルをドッキングポートに運び、ラッチが作動した。ハッチのこちらと向こうの状態がチェックされ、気圧調整弁が開く。

「おし、行くぞ。店長上田美穂、これよりハミマ宇宙店に入店しまーす」

美穂はカプセル上部にあるドッキングポートのハンドルを回した。ハッチを手前に引き、ヒンジ部分で取り外して、現れたトンネルに身をくぐらせる。この部分だけは、美穂も念入りに訓練していた。

「おー！」

向こう側から弾んだ声が響いた。

「こっちは広ーい。なんにもないけど、いま陳列するから、ちょっと待ってね」

数分後、美穂が呼んだ。

「ハミマ宇宙店、これより開店です。お客様どうぞー！」

「あーやさん、先に行って。レディ・ファーストだ」

「いいえ、これはあなたが行くべきです」

手順を熟知しているあーやはきっぱり言った。桑野はうなずき、トンネルをくぐった。

「ちわー。ちょっと通りがかったもので」

「いらっしゃいませこんにちは！　ハミマ宇宙店、ただいま開店セール中です！」

「えーと、商品は……」

見回すと、壁にベルクロで駄菓子が貼り付けてあった。

クールミントガム、うまい棒、チロルチョコレート。

「これください」

桑野はガムを剥がし、方向転換して美穂にかざした。

「百円になります」

桑野が黙って一万円札を差し出すと、美穂は虚を突かれた。

「ちょ……釣り銭がございません！」

「ごめん、小銭があった」

「五百円お預かりします」

営業スマイルを浮かべつつ怒った目で、美穂は釣り銭を返した。

「ありがとう」

「ありがとうございました。今後ともハミマ宇宙店をよろしくお願いします！」

すると桑野は間をおかずに言った。

「それじゃ、結婚してもらえますか」

美穂はそこでも不意を突かれた顔になったが、すぐに答えた。

「よろこんで！」

桑野はツナギのポケットから取り出した指輪を、美穂の指に通した。

「ではお二人とも、並んでこちらを向いていただけますか」

エアロックから頭だけ出して撮影していたあーやが言った。

二人は並んで宙に浮かび、体を静止させようとしてしばらく奮闘したが、うまくいかないので適当なところで切り上げた。互いを引き寄せてキスし、セレモニーは終わった。

この高度はバン・アレン帯を横切るので宇宙放射線の密度が高い。どう考えてもコンビニ立地に適していないのだが、ピアピア動画のユーザーは「ロケットの無駄遣い」と言われるようなことが大好きなので、こうして形だけでも実現させたのだった。被曝量を考えると、あまりのんびりしてはいられない。

「さて、ハミマの歴史は作ったし婚約もした。あーやさん、お別れのときだね」

「はい。ここまで運んでいただいて、ありがとうございました」

「いい彗星が見つかるといいね。必ずそっちの世界に、私たちのことを伝えてね」

「はい、必ず伝えます」

　あーやは、携えてきた小さな包みを背中に貼り付けた。それから、カプセルと反対側にあるエアロックの扉を開けた。

　内扉が閉じるとすぐに減圧サインが点灯し、数分後、外扉開放サインが灯った。

　窓の外にあーやが現れた。

『聞こえますか。喉で発声できませんので、ライン直結で声を送っています』

「聞こえるよ！　ほんとに宇宙でも平気なんだ。あーやさんまじ天使！」

『私には、これも親しみを感じる環境です。これより光帆を展開します。どうぞ、待たずにお帰りください』

「いいよ、見てる。見たいから」

『ありがとうございます』

　あーやは、地面のトラスフレームを軽く蹴って、空間に舞い上がった。

その背中で銀色の薄膜が、魔法のように開き始めていた。

光帆が差し渡し五十メートルを超えた頃から、あーやが少しずつ遠ざかっていくのがわかった。

「行ってらっしゃい」

「よい航海を！」

あーやは小さく手を振って答えた。いまや光帆は百メートルを超え、太陽光を受けて刻々と速度を増していく。あーやは準スパイラル加速軌道に入り、重心ステーションの描く円から刻々と離れていった。

そのときインカムに、ささやくような歌声が聞こえてきた。

あーやが歌っていた。

それはボーカロイドがネットで話題になり始めた頃、よく歌われた曲だった。

初めての音は　なんでしたか？

あなたの　初めての音は…

私にとっては　これがそう

だから今　うれしくて

初めての言葉は　なんでしたか？
あなたの　初めての言葉
私は言葉って　言えない
だから　こうしてうたっています

やがて日が過ぎ　年が過ぎ
世界が　色あせても
あなたがくれる　灯りさえあれば
いつでも　私はうたうから

空の色も　風のにおいも
海の深さも　あなたの声も
私は知らない　だけど歌を
歌をうたう　ただ声をあげて

なにかあなたに　届くのなら
何度でも　何度だって

かわらないわ　あのときのまま
ハジメテノオトのまま…

その歌声は地上に伝送されて、ストリーミング配信された。視聴者はいまや三百万人を超え、ピアンゴのエンジニアたちは死にものぐるいでサーバーをやりくりしていた。法律や宗教、地理的な障壁を越えて、いまや全世界に拡散した二億体のあーやたちも、自分たちのデータリンクを使って、地球を飛び立った仲間から届く感覚を共有していた。それを人には伝えなかったが、ふと立ち止まって空を見上げるあーやの姿が世界中で見られた。
視聴者たちは、この歌を選んだことで、あーやは何かを伝えようとしたのだと思った。それが何なのか、解釈は一致しなかった。
だが、このことだけは誰もが認めていた。あーやには、心があった。
人との出会いがあーやの心を育てた。それが人にあるものと見分けがつかない以上、心というほかなかった。

（完）

補記　歌詞は『ハジメテノオト』作詞・作曲 malo
ニコニコ動画 http://www.nicovideo.jp/watch/sm1274898 参照のこと。

解　説

株式会社ドワンゴ　代表取締役会長
川上量生

本書に登場するピアピア動画のモデルは弊社の子会社ニワンゴで運営しているニコニコ動画だそうだ。実はニコニコ動画は尻Pこと野尻抱介さんに多大な恩を受けている。

ニコニコ動画がまだ膨れあがる巨大な赤字に苦しんでいた頃、ニコニコ動画のヘビーユーザーとしても知られていた野尻さんが、このままではニコニコ動画がなくなるという危機感からユーザ発の企画として、「ニコニコ動画プレミアム推進ユーザーアピール」という運動をはじめてくれた。

このキャンペーンはネット上で大きなムーブメントをつくり、当時、頭打ちしていたニコニコ動画のプレミアム会員（有料会員）がふたたび増加をはじめて黒字化へと突き進むきっかけをつくった。ニコニコ動画のプレミアム会員モデルの成功はネット業界全体にもある種のショックを与え、従来の不確かな広告モデル頼りではなく課金モデルにも可能性があることを気づかせたから、そういう意味では野尻さんの投じた一石は日本のネット業界の流れにも大きな影響を与えたことになる。

その野尻さんが本業のSF作家として、ひさびさに新作のSF小説を出されるというのだから、私としてはネット業界を勝手に代表してでも是非恩返しをさせていただきたいところだ。私なんかが本の売れ行きに貢献できるかどうかは甚だ疑問ではあるが、逃げるわけにはいかない使命と心得て、この本の解説を引き受けさせていただいた次第だ。あくまで新規読者の開拓用の解説という設定だから、従来の野尻さんのファン、SFファンのかたには自明だったり不明だったりすること多々とは思いますが、しばし、お付き合いいただければ幸いです。

そもそも野尻さんがちゃんとしたSF作家だったというのは驚きだった。聞くところによると星雲賞受賞作家だという。星雲賞といえば私の尊敬する神林長平氏も受賞したSF界の芥川賞、あるいは日本版のヒューゴー賞かネビュラ賞である。ネットでみかける尻Pは重度のニコ厨であり、そのツイッターの呟きを眺めていても、いったい、いつ仕事をしているのやら、星雲賞も受賞している日本第一線のSF作家とはとても信じがたい。と思っていたら、やっぱり作家としては極端な寡作らしく、滅多に小説は書かないようだ。まるで『HUNTER×HUNTER』の冨樫義博だ。「野尻仕事しろ」である。そして、この尻Pの嫁とは、やはり大物で、月にかわっておしおきはしないのだが、同じツインテールで髪は緑色の天使、ご存じ初音ミクだ。この本に登場する小隅レイのモデルである。ピアピア動画、ピアピア技術部、ピアンゴ、小隅レイ。ピアピア動画ではコンビニエンスストアの入店の時に流れる音楽が大ブームになっている。この本にはなんかどこかで聞いたことのあるような名前やエピソードが満載だ。

光栄にもモデルのひとつに選んでいただいたニコニコ動画の運営側の人間としていくつかコメントさせていただきたい。なぜなら、ニコニコ動画がネットで成功したのは第一にユーザのみなさんのおかげなのだが、そのユーザのかたがたは、われわれ〝運営〟に対しては複雑な気持ちがあるようだ。こいつらにまかせておいてニコニコ動画の未来は本当にだいじょうぶなのかと、不安と怒りをお持ちのかたがたくさんいらっしゃるのだ。そして野尻さんもやっぱり運営にいろいろいいたいことがあるらしく、小説の中でも文章のはしばしにちくちく私の胸に刺さるものがある。この場を借りて弁明させていただきたい。

まず、気に入らないのはピアピア動画という名前のつけかただ。これには野尻さんの運営へのふたつの嫌みがこめられているように思う。ひとつはニコニコ動画をピアッーピアになぜしないのかという疑問だろう。ニコニコ動画がサービス開始直後から大人気になったにもかかわらず黒字になかなかできなかったのは、私の放漫経営も原因のひとつではあるものの、根本的には動画サイトに必要なデータトラフィック量が膨大で回線費用がかさむからである。ピアツーピア型にすればサーバがほとんど不要になるから、回線費用もかからないのになぜやらないんだというのが最初の嫌みだろう。これの理由は単純でそんなことをすると日本のインターネット全体が崩壊するからだ。ピアツーピア型というのは余っている回線をうまく活用するという場合には回線費用を節約できるが、データ通信そのものがなくなるわけではないので、あまりに大きなデータをピアツーピア型でやりとりする場合にはインターネット全体に迷惑をかけてしまうのだ。むしろピアツーピア型での回線の帯域使用効率はクライアントサーバ型よりも悪くてインターネットプロバイダから見ると迷惑この上ない。それでいて回線使用料金は払わないですまそうというのはやはり社会的に許されないだろうというのが私の考えだ。これが最初の嫌みへの私の回答だ。

ピアピア動画という名前にはおそらくもうひとつの嫌みが隠されていて、ピアツーピア、ようするにニコニコ動画はユーザ同士で交流するのが素晴らしいところであってサーバ側である〝運営〟はあんまりでしゃばるなというメッセージがこめられている。これについては本当にそのとおりで私たち〝運営〟も常に気にかけていることである。〝運営〟もニコニコ動画という素晴らしい場を愛しているのは変わりなく、影ながら、この場が世の中に存在できるように盾となることが望みである。〝運営〟がやらないといけないのはニコニコ動画のユーザを守ること、ユーザができることを拡大する手助けをすることだ。でしゃばると思われることは本意ではない。ユーザのみなさんに理解いただけるよう今後も努力していきたい。

ピアピア動画では、プレミアム会費500円のうち300円をユーザが行き先を指定して投げ銭にできるという機能がついている。現実のニコニコ動画でもやれ、ということだろう。そんなことしたらまた赤字になるじゃないかと抗議したいが、面白いアイデアだと思う。無料のコンテンツであってもユーザが気に入ったコンテンツへ感謝の気持ちでお金を払える投げ銭機能をつけてほしいというのは、かなり初期の段階から多くのユーザの要望として繰り返しいただいている。にもかかわらず投げ銭機能をつけない理由はネットで他人が儲かることを激しく嫌うひとが一定数存在するので、動画の投稿者が叩かれて場が荒れることを恐れているというのがひとつ。もうひとつは、世界の先行例を見る限り、自主的な投げ銭というのは結局たいした金額にならないということだ。どうもユーザが納得できるコンテンツの価格というのはユーザだけが決める限り、どんどん安くなっていくように思う。なんらか強制的にコンテンツの対価を徴収させる仕組みをつくらないとクリエイターへ安定した収入を渡すことは難しいのではないか。野尻さんが小説で提案している、プレミアム会費のうちから一定金額を寄付させて、その相手を指定できる仕組みは解決方法のひとつだろう。ネット時代にどうやってコンテンツのクリエイターが収入を得られる仕組みをつくるかはニコニコ動画のテーマのひとつだと思っている。

野尻さんはドワンゴに嫌みをいうだけでなく褒めてもくれているので最後にそれを紹介

したい。本書のシリーズ後半で登場する地球外生命体の科学力はものすごくて、日本語もあっというまに解析して会話できるようになるわ、自動的にWi-Fiなどのプロトコルを解析し、インターネットにつないでしまうわ、圧倒的な能力を見せつけながらも、ピアピア動画にアクセスすると、トップページが複雑すぎて、なにをすればいいかわからないと悩んでしまう。トップページにあるメニューが8つもあるのですが、どれを選べばいいのでしょうと尋ねてくるのだ。これはおそらく異星人の科学力をもってしてもニコニコ動画のハッキングはむずかしいぐらいにドワンゴの技術力はすごいのだと褒め称えてくれていると思うのだが、ちょっと野尻さんの文章力が不足していて、なにもしらないインターネット初心者が読むとまるでニコニコ動画がいかにわかりにくいサイトか、野尻さんが皮肉をいっているように誤解するかもしれないから注意していただきたい。

なお、私がさっき数えてみたところニコニコ動画のトップページにあるメニューの数は8個ではなく12個であった。大変、充実したメニューを持つわかりやすいサイトである。

さて、ニコニコ動画、もといピアピア動画のトップページを難しいとかほざく頭の悪い異星人の文明だが、そこでは個体と全体の区別がもはやあいまいになった巨大な集合知による生命体のもののようだ。その文明の域に地球が到達するときの主体はもはや人間ではなくコンピュータのネットワークになるのかもしれない。それは人類の時代の終わりを意味するものかもしれず、ふつうはこういうSFはだいたい暗い話になる。だが、野尻さんのピアピア動画シリーズはそんな世界観をベースにしながらも徹底的に楽天的だ。未来への希望に満ちている。

なぜ野尻さんのSFがそう明るくなるのか？ それはピアピア動画にかかわるひとたちが徹底的にどうでもいいこと、役に立たないことに執念をもやすひとたちだからだ。お金を儲ける、情報をうまく処理する、正しい答えをみつける、そういう役に立つことはやがてコンピュータのほうが人間よりも上手くできるようになるにちがいない。でも、これからの遠い未来にどれだけ科学が発達していたとしても、役に立たないことを一生懸命にやる世界が残っていればそこには人間の幸せな居場所があるにちがいない。野尻さんはそう信じているように思うのだ。

そしてまさにそういう人間を幸せにする役に立たないネットサービスになれればいいなと、ニコニコ動画をスタートするときに私たちは願ったのです。

2012年2月3日　神戸にて

初出一覧

「南極点のピアピア動画」 SFマガジン二〇〇八年四、五月号
「コンビニエンスなピアピア動画」 SFマガジン二〇一〇年二月号
「歌う潜水艦とピアピア動画」 SFマガジン二〇一一年八月号
「星間文明とピアピア動画」 書き下ろし

小川一水作品

第六大陸1

二〇二五年、御鳥羽総建が受注したのは、工期十年、予算千五百億での月基地建設だった

第六大陸2

国際条約の障壁、衛星軌道上の大事故により危機に瀕した計画の命運は……。二部作完結

復活の地I

惑星帝国レンカを襲った巨大災害。絶望の中帝都復興を目指す青年官僚と王女だったが…

復活の地II

復興院総裁セイオと摂政スミルの前に、植民地の叛乱と列強諸国の干渉がたちふさがる。

復活の地III

迫りくる二次災害と国家転覆の大難に、セイオとスミルが下した決断とは？　全三巻完結

ハヤカワ文庫

小川一水作品

老ヴォールの惑星

SFマガジン読者賞受賞の表題作、星雲賞受賞の「漂った男」など、全四篇収録の作品集

時砂の王

時間線を遡行し人類の殲滅を狙う謎の存在。撤退戦の末、男は三世紀の倭国に辿りつく。

フリーランチの時代

あっけなさすぎるファーストコンタクトから宇宙開発時代ニートの日常まで、全五篇収録

天涯の砦

大事故により真空を漂流するステーション。気密区画の生存者を待つ苛酷な運命とは？

青い星まで飛んでいけ

閉塞感を抱く少年少女の冒険から、人類の希望を受け継ぐ宇宙船の旅路まで、全六篇収録

著者略歴　1961年三重県生，作家
著書『太陽の簒奪者』『沈黙のフライバイ』『ヴェイスの盲点』（以上早川書房刊）『ロケットガール』『ピニェルの振り子』『ふわふわの泉』他多数

HM=Hayakawa Mystery
SF=Science Fiction
JA=Japanese Author
NV=Novel
NF=Nonfiction
FT=Fantasy

南極点《なんきよくてん》のピアピア動画《どうが》

〈JA1058〉

二〇一二年二月二十五日　発行
二〇一二年三月三十一日　三刷
（定価はカバーに表示してあります）

著者　野《の》尻《じり》抱《ほう》介《すけ》
発行者　早川浩
印刷者　大柴正明
発行所　株式会社　早川書房
郵便番号　一〇一‐〇〇四六
東京都千代田区神田多町二ノ二
電話　〇三‐三二五二‐三一一一（大代表）
振替　〇〇一六〇‐三‐四七七九九
http://www.hayakawa-online.co.jp
乱丁・落丁本は小社制作部宛お送り下さい。
送料小社負担にてお取りかえいたします。

印刷・株式会社亨有堂印刷所　製本・株式会社川島製本所

ISBN978-4-15-031058-5 C0193

本書は活字が大きく読みやすい〈トールサイズ〉です。